Un triste ciprés

Biblioteca Agatha Christie

Biografía

Agatha Christie es conocida en todo el mundo como la Dama del Crimen. Es la autora más publicada de todos los tiempos, tan solo superada por la Biblia y Shakespeare. Sus libros han vendido más de un billón de copias en inglés y otro billón largo en otros idiomas. Escribió un total de ochenta novelas de misterio y colecciones de relatos breves, diecinueve obras de teatro y seis novelas escritas con el pseudónimo de Mary Westmacott.

Probó suerte con la pluma mientras trabajaba en un hospital durante la Primera Guerra Mundial, y debutó con *El misterioso caso de Styles* en 1920, cuyo protagonista es el legendario detective Hércules Poirot, que luego aparecería en treinta y tres libros más. Alcanzó la fama con *El asesinato de Roger Ackroyd* en 1926, y creó a la ingeniosa Miss Marple en *Muerte en la vicaría*, publicado por primera vez en 1930.

Se casó dos veces, una con Archibald Christie, de quien adoptó el apellido con el que es conocida mundialmente como la genial escritora de novelas y cuentos policiales y detectivescos, y luego con el arqueólogo Max Mallowan, al que acompañó en varias expediciones a lugares exóticos del mundo que luego usó como escenarios en sus novelas. En 1961 fue nombrada miembro de la Real Sociedad de Literatura y en 1971 recibió el título de Dama de la Orden del Imperio Británico, un título nobiliario que en aquellos días se concedía con poca frecuencia. Murió en 1976 a la edad de ochenta y cinco años.

Sus misterios encantan a lectores de todas las edades, pues son lo suficientemente simples como para que los más jóvenes los entiendan y disfruten pero a la vez muestran una complejidad que las mentes adultas no consiguen descifrar hasta el final.

www.agathachristie.com

Agatha Christie
Un triste ciprés

Traducción: H. C. Granch

ESPASA

Obra editada en colaboración con Editorial Planeta – España

Sad Cypress © 1940 Agatha Christie Limited. All rights reserved.

AGATHA CHRISTIE, POIROT and the Agatha Christie Signature are registered trademarks of Agatha Christie Limited in the UK and elsewhere. All rights reserved. www.agathachristie.com

Agatha Christie Roundels Copyright © 2013 Agatha Christie Limited. Used with permission.
Diseño de la portada: Planeta Arte & Diseño
Ilustraciones de la portada: © Ed

Agatha Christie

Traducción de H. C. Granch © Agatha Christie Limited. All rights reserved.
Composición: Realización Planeta

© 2025, Planeta Argentina S.A.I.C. – Buenos Aires, Argentina

Derechos reservados

© 2025, Editorial Planeta Mexicana, S.A. de C.V.
Bajo el sello editorial BOOKET M.R.
Avenida Presidente Masarik núm. 111,
Piso 2, Polanco V Sección, Miguel Hidalgo
C.P. 11560, Ciudad de México
www.planetadelibros.com.mx

Primera edición impresa en España: febrero de 2025
ISBN: 978-84-670-7611-0

Primera edición impresa en México en Booket: mayo de 2025
ISBN: 978-607-39-2854-0

No se permite la reproducción total o parcial de este libro ni su incorporación a un sistema informático, ni su transmisión en cualquier forma o por cualquier medio, sea este electrónico, mecánico, por fotocopia, por grabación u otros métodos, sin el permiso previo y por escrito de los titulares del *copyright*.

Queda expresamente prohibida la utilización o reproducción de este libro o de cualquiera de sus partes con el propósito de entrenar o alimentar sistemas o tecnologías de Inteligencia Artificial (IA).

La infracción de los derechos mencionados puede ser constitutiva de delito contra la propiedad intelectual (Arts. 229 y siguientes de la Ley Federal del Derecho de Autor y Arts. 424 y siguientes del Código Penal Federal).

Si necesita fotocopiar o escanear algún fragmento de esta obra diríjase al CeMPro (Centro Mexicano de Protección y Fomento de los Derechos de Autor, http://www. cempro.org.mx).

Impreso en los talleres de Impregráfica Digital, S.A. de C.V.
Av. Coyoacán 100-D, Valle Norte, Benito Juárez
Ciudad de México, C.P. 03103
Impreso en México — *Printed in Mexico*

A Peter y Peggy McLeod

Ven aquí, ven aquí, muerte,
y que me entierren bajo un triste ciprés.
Échate a volar, échate a volar, aliento;
me ha matado una niña cruel y hermosa.
Haced de follaje mi sudario blanco.
¡Oh, preparadlo!
Mi figura de muerte nadie tan fielmente
representará.

SHAKESPEARE

Personajes

Relación de los principales personajes que intervienen en esta obra:

LAURA WELMAN: Anciana y acaudalada dama que se encuentra muy enferma.

ELINOR KATHERINE CARLISLE: Hermosa joven, sobrina de la señora Welman.

RODDY WELMAN: Sobrino político de Laura Welman y prometido de Elinor.

MARY GERRARD: Hija de Ephraim Gerrard y protegida de la señora Welman.

EPHRAIM GERRARD: Guarda de la finca de la señora Welman.

EILEEN O'BRIEN: Enfermera de la señora Welman.

JESSIE HOPKINS: Compañera de O'Brien, también al cuidado de la señora Welman.

PETER LORD: Médico de Laura Welman.

EMMA BISHOP: Ama de llaves de Laura Welman.

HORLICK: Jardinero de la mansión Welman.

TED BIGLAND: Granjero, pretendiente de Mary Gerrard.

EDMUND SEDDON: Abogado de Laura Welman.

HÉRCULES POIROT: Famoso detective belga, protagonista de esta novela.

SIR EDWIN BULMER: Hábil abogado, defensor de Elinor Carlisle.

SIR SAMUEL ATTENBURY: Fiscal.

MARSDEN: Inspector jefe de Scotland Yard.

HORLICK: Jardinero de la mansión Welman.

JAMES ARTHUR LITTLEDALE: Perito químico.

SIR LEWIS RYCROFT: Antiguo amor de Laura Welman.

MAYOR SOMERVELL: Comprador de la finca Welman.

ALFRED JAMES WARGRAVE: Cultivador de rosas.

MARY RILEY: Tía de Mary Gerrard, que vive en Nueva Zelanda.

EDWARD JOHN MARSHALL: Antiguo conocido de la enfermera Hopkins.

Prólogo

—Elinor Katherine Carlisle, se la acusa del asesinato de Mary Gerrard, cometido el pasado 27 de julio. ¿Se declara usted culpable o inocente?

Elinor Carlisle estaba de pie, con la cabeza erguida. Tenía una cabecita graciosa; el rostro algo anguloso, pero bien definido y agradable. Sus ojos eran de un azul profundo, y el cabello, negrísimo. Llevaba depiladas las cejas, que le formaban una línea estrecha, casi imperceptible.

Se hizo un silencio expectante.

Sir Edwin Bulmer, el abogado defensor, tuvo una sensación de desánimo. «¡Dios mío! Va a declararse culpable. Ha perdido los nervios...», pensó. Los labios de Elinor Carlisle se entreabrieron.

—Inocente —dijo.

El abogado defensor se desplomó en su asiento. Sacó un pañuelo y se enjugó el sudor que le corría por la frente.

Sir Samuel Attenbury se levantó y se preparó para pronunciar su alegato. Representaba al Ministerio Fiscal.

Comenzó:

—Con la venia de sus señorías, señores del jurado...

El 27 de julio pasado, a las tres y media de la tarde, Mary Gerrard falleció en Hunterbury, Maidensford...

Su voz prosiguió, sonora y agradable, adormeciendo a Elinor y dejándola en un estado casi inconsciente. De la narración, simple y concisa, solo frases sueltas parecían calar en el cerebro de la acusada.

—... Un caso simple y clarísimo [...]. Es un deber de este ministerio demostrar el motivo y la oportunidad [...]. Nadie, que se sepa, tenía motivo para asesinar a la infortunada Mary Gerrard, excepto la acusada. Una joven encantadora, afable, amada por todo el mundo, a quien no se le conocía un enemigo, o, por lo menos, no se creía que lo tuviese...

¡Mary, Mary Gerrard! ¡Qué lejos estaba todo aquello!... ¡No parecía real!

—... suplico a sus señorías que presten atención a las siguientes consideraciones. Primera: ¿qué oportunidad y medios tuvo la acusada para administrarle el veneno a la víctima? Segunda: ¿qué motivos la indujeron a hacerlo? Mi deber es presentarles algunos testigos que los ayudarán con sus declaraciones a emitir un fallo justo... En cuanto al envenenamiento de Mary Gerrard, voy a intentar demostrar que nadie, absolutamente nadie, tuvo la menor oportunidad de cometer este crimen, excepto la acusada...

Elinor tenía la sensación de encontrarse rodeada por una niebla espesísima. A través de ella le llegaban palabras sueltas: «bocadillos», «paté de pescado», «casa vacía».

Las palabras horadaban la densa capa que cubría sus pensamientos... Eran como alfilerazos a través de un grueso velo de algodón.

El tribunal. Rostros. Filas y filas de rostros. Una cara

en particular, con gran bigote negro y ojos sagaces. Hércules Poirot, con su cabeza un tanto ladeada y los ojos semicerrados en actitud meditativa, la contemplaba.

«Quiere adivinar por qué lo hice... Intenta leer en mi mente qué pensé... Lo que sentí. ¿Sentí...? Como si el cielo se hubiese desplomado sobre mí...», pensó ella.

Cerró los ojos, para volver a abrirlos un segundo después.

«El rostro de Roddy —se dijo—. Su querido rostro, con su larga nariz, su boca delicada...» ¡Roddy! Siempre Roddy, siempre, desde que ella podía recordar, desde aquellos días en Hunterbury entre las frambuesas, y allá arriba, en los viveros, y abajo, junto al puente, Roddy... Roddy... Roddy...

¡Otros rostros! La enfermera O'Brien con la boca un tanto abierta, la cara fresca y pecosa proyectada hacia delante. La enfermera Hopkins, presumida e implacable. El rostro de Peter Lord... ¡Peter Lord, tan bondadoso, tan sensible..., tan amable! ¡Y parecía terriblemente preocupado por Elinor!... Ella, sin embargo, la figura principal de esa escena horrible, no parecía interesarse por su suerte.

Estaba allí, calmada y fría, apoyada en la barra, sentada en el banquillo, mientras una tremenda acusación de asesinato pendía sobre ella. Estaba ante el tribunal.

Algo se agitó; el velo que oscurecía su mente se disipaba poco a poco.

¡Ante el tribunal!... ¡La gente!

La gente se inclinaba hacia delante con los labios entreabiertos, la mirada expectante, los ojos fijos en ella. Elinor, con la fruición horrible del vampiro..., escuchaba con una especie de deleite cruel lo que aquel individuo alto, de nariz aguileña, estaba diciendo de ella.

—En este caso, los hechos son facilísimos de seguir, y no existen contradicciones de ninguna clase. Desde el mismo principio.

Entretanto, Elinor pensaba: «¿El principio..., el principio...? El día en que recibí aquella carta anónima... ¡Ese fue el principio de todo!».

PRIMERA PARTE

Capítulo primero

I

¡Una carta anónima!

Elinor Carlisle contempló estupefacta la hoja de papel que tenía en las manos.

Era la primera vez que recibía una cosa semejante. Le producía una sensación desagradable. Mal escrita, con pésima ortografía y en un papel rosado de ínfima calidad, la carta decía así:

Lapresente es parbertirle que ai algien que esta yenando darrumacos a su tia y si usted no tiene cuidado no recivira ni un penique cuando muera. Usted ya save que las biejas se derriten cuando las jobenes les dan coba con arte y la que tiene a su lado es más fina que el coral. Benga a berlo usted misma. Eso es lo mejor. Sino lo ace así, usted y el joben caballero perderán todos sus derechos y ya verá como todo es pa ella.

Uno que la quiere vien

Elinor estaba aún con la vista fija en aquella extraña carta, enarcando las finas cejas y sintiendo un profundo desprecio por su contenido, cuando la puerta se abrió y la doncella anunció:

—El señor Welman.

Y Roddy entró.

¡Roddy...! Como siempre que lo veía, Elinor experimentó un sentimiento ligeramente frívolo, una palpitación de placer repentino, una sensación extraña que pretendía ser positiva y poco emotiva.

Era indudable que, aunque Roddy la amaba, no era con la misma pasión que ella parecía experimentar. Cuando lo vio aparecer, el corazón empezó a latirle con tanta fuerza que casi le hacía daño. Era absurdo que un hombre ordinario..., sí, sí, un joven completamente vulgar, fuese capaz de producirle un sentimiento como aquel. El amor era, sin duda, una emoción agradable..., no aquello, que dolía por su intensidad.

Una cosa era cierta: debía tener mucho cuidado con exteriorizar sus sentimientos. A los hombres no les gustaban la devoción ni la adoración. Por lo menos, a Roddy...

—¡Hola, Roddy! —exclamó Elinor con indiferencia.

—¡Hola, Elinor! —repuso él con el mismo tono—. Qué expresión más trágica, querida. ¿Es una factura?

Elinor negó con la cabeza.

—Pensé que tal vez... —dijo Roddy—. Ya sabes que a mediados del verano es cuando empiezan los bailes y las fiestas y... hay que liquidar las cuentas con las modistas...

Elinor lo interrumpió en sus divagaciones.

—Es algo horrible, Roddy. Una carta anónima.

Las cejas del hombre salieron disparadas hacia arriba. Su indiferente rostro se arrugó.

—¡No! —exclamó con disgusto.

—Es algo horrible... —repitió Elinor, y se aproximó a su escritorio—. Es mejor que la rompa.

Debería haberlo hecho... Estuvo a punto de hacerlo, porque Roddy y las cartas anónimas eran dos cosas que no debían compartir el más mínimo espacio. Él, por su parte, no lo habría evitado. La aprensión era en él mucho más fuerte que la curiosidad.

Pero, impulsivamente, Elinor decidió lo contrario.

—Será mejor que la leas antes —dijo—. Luego la quemaremos. Se trata de tía Laura.

Roddy abrió los ojos, sorprendido.

—¿De tía Laura?

Cogió la carta, la leyó frunciendo el entrecejo con expresión de disgusto, y se la devolvió.

—Sí —dijo—. Hay que quemarla. ¡Qué gente más rara!

—Debe de haber sido uno de los criados. ¿No te parece? —sugirió Elinor.

—Supongo que sí. —Roddy titubeó un instante—. Me estoy preguntando quién será esa joven de la que hablan en la carta.

—Creo que debe de ser Mary Gerrard —replicó Elinor pensativa.

Roddy arrugó la frente en un esfuerzo por recordar.

—¿Mary Gerrard?... ¿Quién es?

—La hija del guarda. ¿No te acuerdas de cuando era una chiquilla? La tía le tomó cariño y se interesó extraordinariamente por ella. Le pagó el colegio y también las clases de piano, de francés y...

Roddy la interrumpió.

—Sí, sí, ahora me acuerdo. Una chiquilla flaca que no era más que piernas y brazos, con un mechón de cabellos rubios y enmarañados.

Elinor asintió.

—Sí, pero se nota que no has estado en Hunterbury

desde aquellas vacaciones de verano que papá y mamá pasaron en el extranjero. Si hubieses ido tanto como yo, te habrías enterado de que ha estado en Alemania de *au pair* hace poco y que...

—¿Qué aspecto tiene ahora? —inquirió Roddy distraído.

—Ahora está bastante guapa —repuso Elinor—. Además, tiene unos modales encantadores como resultado de su excelente educación, y nadie diría que es hija del viejo Gerrard.

—En resumen, que se ha convertido en toda una señorita, ¿verdad?

—En efecto, y, como es natural, ahora no se encuentra a gusto en la casa del guarda. La señora Gerrard murió hace unos años, y Mary no congenia con su padre. Él se burla continuamente de su cuidada pronunciación y de sus delicadas maneras.

Roddy estalló, irritado.

—La gente no quiere darse cuenta del daño que causan con la «educación». A veces no tiene nada de bondadoso; es realmente una crueldad.

Elinor prosiguió.

—Creo que se pasa casi todo el día arriba, en la casa. Ella es la que lee en voz alta los periódicos a tía Laura desde que tuvo el primer ataque.

—¿Por qué no se los lee la enfermera? —preguntó Roddy.

Elinor respondió con una sonrisa.

—La señorita O'Brien, la enfermera, tiene un acento que haría necesario un intérprete para comprenderla. No me extraña que tía Laura prefiera a Mary.

Roddy paseó nerviosamente por la habitación durante un par de minutos.

UN TRISTE CIPRÉS

—¡Tenemos que ir, Elinor! —exclamó al fin.

—¿Por esto que...?

—No, no, ¡qué va!... Bueno, al fin y al cabo, debemos ser sinceros. ¡Sí! A pesar de lo vulgar que es esa carta, puede que haya algo de verdad en ella. Tal vez la tía esté muy enferma...

—De acuerdo, Roddy.

Él la miró y entreabrió los labios mostrando su atractiva sonrisa.

—Y el dinero nos interesa, Elinor —dijo.

La joven asintió rápidamente.

—¡Oh, por supuesto!

—No es que yo sea un mercenario —añadió Roddy con repentina ansiedad—, pero sabes que tía Laura ha dicho innumerables veces que tú y yo somos sus únicos familiares. Tú eres su sobrina carnal, la hija de su hermano, y yo soy sobrino de su esposo. Siempre nos ha dado a entender que, después de su fallecimiento, todo lo que tiene iría a parar a uno de nosotros o a los dos a la vez. Y es una herencia que vale la pena, Elinor.

—Sí —respondió ella, pensativa—; debe de tener bastante dinero.

—Los gastos que suponen el mantenimiento de Hunterbury, por ejemplo, no son ninguna bicoca... El tío Henry estaba casi arruinado cuando tropezó con tía Laura. Pero ella estaba a punto de heredar. Tía Laura y tu padre recibieron una fortuna importante tras la muerte de tus abuelos. ¡Lástima que tu padre se dedicara a especular y lo perdiera casi todo!

Elinor suspiró.

—El pobre papá no era un águila para los negocios. Dejó sus asuntos bastante enredados cuando murió.

—Sí, tía Laura tenía más cabeza que tu padre. Cuando se casó con el tío Henry, compró Hunterbury; no hace mucho, me dijo que ha tenido siempre mucha suerte en las inversiones que ha hecho. Prácticamente nunca ha fracasado.

—El tío Henry le dejó al morir todo lo que tenía, ¿verdad?

Roddy asintió.

—Sí. Fue una tragedia que muriera tan pronto. Y ella no ha querido volver a casarse. Ha sido fiel como un mastín. Y demasiado buena con nosotros. Siempre me ha tratado como si fuera su sobrino carnal. Me ha ayudado cada vez que me he visto en un apuro. Por suerte, algo que no ha sucedido con mucha frecuencia.

—Conmigo también ha sido muy generosa —dijo Elinor agradecida.

Roddy asintió.

—Tía Laura es la simpatía personificada. ¿Sabes, Elinor, que vivimos de un modo bastante extravagante teniendo en cuenta nuestros bienes?

Ella respondió tristemente.

—Creo que tienes razón. ¡Todo esto es tan caro!... Los vestidos, el peinado, el maquillaje..., y todas las tonterías, como el cine, los cócteles... y los discos.

—Querida, eres como los lirios del campo. Ni trabajas ni hilas —repuso Roddy.

—¿Crees que debería hacerlo? —dijo Elinor mirándolo de reojo.

Él movió la cabeza.

—Me gustas tal como eres: delicada, inaccesible e irónica. Me fastidiaría ver que te conviertes en una persona formal. Quiero decir que, si no hubiese sido por tía Laura, ahora estarías empleada en alguna oscura oficina o en cualquier taller desapacible. —Se interrumpió y prosiguió de inmediato—: Lo mismo que yo. Tengo un buen empleo. En el despacho de Lewis y Hume no se trabaja demasiado y me va de maravilla. Con ese empleo pongo a salvo mi honorabilidad; pero ten en cuenta que si no me preocupo por el futuro se debe a que tengo mis esperanzas puestas en tía Laura.

—¡Somos verdaderas sanguijuelas! —exclamó Elinor.

—¡No digas tonterías! Nos han dado a entender que algún día seremos ricos y, naturalmente, eso influye en nuestros actos y en nuestra conducta.

—La tía Laura no nos ha dicho nunca cómo repartirá su fortuna —dijo Elinor pensativa.

—¡No importa! —replicó Roddy—. Con toda seguridad la dividirá entre nosotros; pero si no fuese así, si te la cediera toda a ti, por ser tú su sobrina carnal, yo participaría de todas formas, porque pienso casarme contigo. Por supuesto, en el caso de que nuestra querida viejecita quisiera dejarme a mí todo lo que posee, basándose en que yo soy el único representante varón de los Welman..., pues lo repartiríamos también, porque tú te casarás conmigo. ¡Qué suerte que nos hayamos enamorado el uno del otro!... Porque tú me quieres, ¿verdad, Elinor?

Ella respondió con frialdad, casi forzada.

—Sí.

—Sí —repitió Roddy imitándola—. Eres adorable, Elinor. Te pareces a *la Princesse Lontaine*..., tan seria, tan fría... Eso es precisamente lo que hace que te ame como te amo.

—¿Sí? —dijo Elinor con indiferencia, conteniendo el aliento.

—Sí —replicó Roddy frunciendo el ceño—. Algunas mujeres son tan empalagosas..., no sé cómo explicártelo..., tan poco dueñas de sí mismas, que dejan traslucir siempre sus sentimientos. ¡No podría resistir tal cosa! Sin embargo, tú eres una esfinge... Nadie adivinaría qué es lo que piensas, ni si sufres o gozas... Eres una obra de arte, querida... ¡Eres perfecta! —Hizo una pausa y continuó—: Seremos un matrimonio modelo... Nos queremos bastante, sin exageraciones. Somos excelentes amigos. Tenemos muchos gustos en común. Poseemos todas las ventajas del parentesco, sin las desventajas de la identidad de sangre. Nos conocemos perfectamente. Jamás podré cansarme de ti, tan esquiva e inasible. Tú, sin embargo, sí es probable que llegues a cansarte de mí. ¡Soy un hombre tan vulgar!...

Elinor negó con la cabeza.

—Nunca me cansaré de ti, Roddy... Jamás.

—¡Amor mío! Creo que tía Laura sabe ya lo que hay entre nosotros, aunque hace muchísimo tiempo que no vamos a Hunterbury. Esto nos da una excelente excusa para ir a verla. ¿Qué te parece?

Elinor asintió.

—Sí. Estaba yo pensando el otro día...

Roddy terminó la frase por ella.

—... que no la hemos visitado todo lo que habríamos debido. Estoy de acuerdo. Cuando sufrió su primer ataque, íbamos casi todos los fines de semana. Y ahora hace ya casi dos meses que no aparecemos por allí.

—Habríamos ido si nos lo hubiera pedido... Enseguida —dijo Elinor.

—Sí, claro. Y sabemos que está muy contenta con la enfermera O'Brien, quien la cuida muy bien. Por otra parte, tal vez hayamos sido un poco confiados. No me refiero al dinero..., sino a los sentimientos.

Elinor asintió.

—Comprendo.

—Pues bien —continuó el joven—, esa sucia carta no nos va a venir mal, después de todo. Iremos a defender nuestros intereses y a demostrar a tía Laura que la queremos de verdad.

Encendió una cerilla, cogió la carta de la mano de Elinor y le prendió fuego.

—¿Quién diablos puede haber escrito esto? —exclamó—. No es que me preocupe... Alguien que «nos ajunta», como decíamos cuando éramos chiquillos. Tal vez nos hayan hecho un favor. ¿Recuerdas a la madre de Jim Partington?... Se fue a vivir a la Riviera. Allí la asistió un médico italiano, y ella se enamoró de él tan locamente que le dejó hasta el último penique. Jim y sus hermanas han intentado anular el testamento, pero ha sido imposible.

—A tía Laura le gusta el médico que la cuida por recomendación del doctor Ransome —dijo Elinor—, pero no hasta ese extremo. Además, en esa insidiosa carta se menciona a una chica... Debe de ser Mary.

Roddy se levantó.

—Eso lo veremos con nuestros propios ojos.

II

La enfermera O'Brien salió del dormitorio de la señora Welman y entró en el cuarto de baño.

—Voy a calentar agua. Le apetece una taza de té, ¿verdad? —preguntó desde allí.

—Por supuesto, querida —respondió sosegada la enfermera Hopkins—. Una taza de té viene bien a cualquier hora. Siempre he dicho que no hay nada como una taza de té bien cargada.

—Aquí lo tengo todo dispuesto, en este armarito... —susurró la enfermera O'Brien mientras llenaba la tetera y encendía el gas—. El bote de té, tazas y azúcar... Edna me trae leche fresca dos veces al día... Así no tengo necesidad de estar tocando timbres continuamente... Este fogón de gas es estupendo. El agua hierve en un segundo.

La enfermera O'Brien era una mujer pelirroja de treinta años con dientes de blancura deslumbrante, cara pecosa, sonrisa atractiva y la estatura de un hombre de campo. Por su vitalidad y simpatía era la favorita de los enfermos a los que asistía. La señorita Hopkins, la enfermera del distrito, que venía todas las mañanas a ayudar a hacer la cama y la *toilette* de la enferma, era una mujer de mediana edad, facciones ordinarias y muy briosa.

—Todo en esta casa es perfecto —dijo con gesto de aprobación.

—Sí —convino la enfermera O'Brien—. Es algo antigua, sin calefacción central, pero hay chimeneas en casi todas las habitaciones, y las doncellas son amabilísimas. La señora Bishop es un ama de llaves inmejorable.

—Estas muchachas modernas... —repuso la enfermera Hopkins—. No las puedo soportar... Hay muchas que no sé qué es lo que quieren o qué se creen... Casi ninguna conoce sus obligaciones.

—Mary Gerrard es una chica encantadora —aseguró la enfermera O'Brien—. Creo que la señora Welman no podría pasar sin su ayuda. ¿Ha visto usted cómo ha preguntado por ella? Estoy segura de que a esa chica no le faltará de nada mientras la señora viva..., y aun si muriese...

—Mary me da lástima —terció la enfermera Hopkins—. Su padre no la quiere en absoluto.

—Ese viejo cicatero es incapaz de decirle una palabra amable —añadió la enfermera O'Brien—. ¡Mire, ya pita la tetera! Voy a echar el té.

Una vez preparado, las dos mujeres se sentaron a beberlo en la habitación de la enfermera O'Brien, junto al dormitorio de la señora Welman.

—El señor Welman y la señorita Carlisle no tardarán en llegar —dijo la enfermera O'Brien—. Hemos recibido un telegrama suyo esta mañana.

—¡Ah, sí! —exclamó su colega—. Ahora me explico por qué estaba tan emocionada la enferma. Debe de hacer mucho tiempo que no vienen por aquí.

—Más de dos meses. El señor Welman es un caballero muy agradable; parece muy orgulloso y algo retraído.

—Vi una fotografía de ella el otro día en el *Tatler* —dijo la enfermera Hopkins—. Estaba acompañada de un amigo, en Newmarket.

—Es conocidísima en la alta sociedad. ¡Y lleva siempre unos vestidos tan bonitos! ¿No cree usted que es maravillosa?

—Es difícil saber cómo son estas muchachas debajo del maquillaje. En mi opinión, Mary Gerrard vale mucho más que ella.

La enfermera O'Brien se humedeció los labios e inclinó la cabeza.

—Tal vez tenga usted razón —dijo, y luego añadió con aire triunfal—: Pero Mary carece de estilo.

—Las buenas plumas hacen hermosos pájaros —replicó la otra sentenciosamente.

—¿Quiere otra taza de té?

—Sí, gracias.

Las dos mujeres se inclinaron sobre las humeantes tazas. La enfermera O'Brien rompió el corto silencio.

—Anoche ocurrió una cosa muy extraña —dijo en voz baja—. A las dos de la mañana entré para ver si nuestra querida enferma estaba bien, como es mi costumbre, y la encontré despierta. Debía de haber estado soñando, porque cuando llegué decía: «La fotografía... ¡Quiero la fotografía!».

—¿Qué fotografía era?

—Ahora verá... Yo le dije: «Claro, señora Welman, pero ¿no podría usted esperar a mañana?». Y ella me contestó: «No, ¡quiero verla ahora mismo!». «¿Dónde está la fotografía?», le pregunté. «¿Se refiere a la del señor Roderick?» Y ella me respondió: «¿Ro-de-rick?... No... ¡La de Lewis!». Empezó a forcejear para incorporarse; la ayudé, y ella sacó de la cajita que hay al lado de su cama un manojo de llaves y me pidió que abriese el segundo cajón de la cómoda; allí encontré una fotografía con marco de plata, de gran tamaño. ¡Qué hombre más guapo el de la foto! En una esquina del retrato, leí su nombre: «Lewis». Era un retrato muy antiguo, desde luego. La fotografía debía de tener muchos años. Se la llevé y ella se quedó largo rato contemplándola y murmurando: «¡Lewis..., Lewis!». Luego suspiró hondo y, devolviéndomela, me pidió que la guardase donde estaba. Y... ¿querrá creerme si le digo que cuando volví a su lado dormía tan dulcemente como un bebé?

—¿Cree usted que era su marido? —preguntó la enfermera Hopkins.

—¡No! Esta mañana he preguntado a la señora Bishop cómo se llamaba el señor Welman y me ha dicho que... ¡Henry!

Las dos mujeres se miraron extrañadas. La punta de la larga nariz de la enfermera Hopkins se estremeció de la emoción.

—¡Lewis..., Lewis! —dijo pensativa—. Nunca he oído ese nombre por estos lares.

—¡Debe de hacer muchos años de eso! —apuntó la enfermera O'Brien.

—Sí, desde luego. Y yo no llevo aquí más que dos años. Sin embargo, me pregunto...

La enfermera O'Brien la interrumpió.

—¡Era un hombre extraordinariamente guapo! ¡Apostaría a que era oficial de caballería!

—¡Es muy interesante! —dijo la enfermera Hopkins tras tomar un sorbo de té.

—Tal vez se amaban cuando eran niños y un padre cruel los separó... —exclamó su compañera en un arrebato de romanticismo.

La enfermera Hopkins completó el pensamiento de su colega, diciendo con un suspiro hondísimo:

—Es probable que luego lo mataran en la guerra.

III

Cuando la enfermera Hopkins, agradablemente estimulada por el té y los pensamientos románticos, salió de la suntuosa residencia, Mary Gerrard corrió tras ella.

—¿Me permite que vaya hasta el pueblo con usted?

—Por supuesto, querida.

—Tengo que hablar con usted —dijo Mary Gerrard casi sin aliento—. ¡Estoy tan preocupada!...

La enfermera la miró con cariño.

A los veintiún años, Mary Gerrard era una criatura encantadora, con la irrealidad de la rosa silvestre flotando a su alrededor como una aureola. Tenía el cuello largo, como de cisne, y nacarado; el cabello le caía en dorados bucles que reflejaban la luz del sol, enmarcándole la cabeza, exquisitamente modelada. Los ojos, de color azul oscuro, chispeaban inteligentes.

—¿Qué sucede, querida? —preguntó la enfermera Hopkins.

—Pues que pasa el tiempo y no hago nada.

—Tendrá tiempo de sobra para lo que se proponga.

—Es verdad, pero no puedo seguir viviendo así. La señora Welman es demasiado bondadosa. El colegio y mi estancia en el extranjero deben de haberle ocasionado gastos enormes. Ahora quisiera empezar a ganarme el pan. Quiero aprender algo de provecho. —La enfermera movió la cabeza asintiendo—. Estoy malgastando mi tiempo y mi juventud. He intentado explicar mis intenciones a la señora Welman, pero no quiere comprenderme. Dice, como usted, que ya tendré tiempo.

—Tenga en cuenta que está enferma.

Mary se ruborizó, entristecida.

—Sí, y supongo que no debo contrariarla en nada. Pero esta situación es muy preocupante, ¡y a veces papá es tan brutal! Siempre está burlándose de mí por ser holgazana. No puedo continuar así.

—Ya lo veo.

—Lo malo es que el aprendizaje de un oficio siempre exige un gasto que yo no puedo permitirme. Ahora sé bastante alemán y tal vez me sirva de algo. Pero mi idea

UN TRISTE CIPRÉS

es encontrar trabajo como enfermera en un hospital. Me gusta cuidar a los pacientes.

—Tenga en cuenta que para eso hace falta tener estómago —replicó la enfermera con crudeza.

—No me importa. Yo soy fuerte. Y tengo aptitudes para ese tipo de trabajo. La hermana de mi madre, que vive en Nueva Zelanda, es enfermera. Como puede comprobar, lo llevo en la sangre.

—¿Por qué no aprende a dar masajes? —sugirió la enfermera Hopkins—. Con los masajes podría ganar mucho dinero. O podría estudiar en Norland para niñera. A usted le gustan los niños.

—Debe de ser muy caro aprender, ¿verdad? —contestó Mary, titubeando—. Yo esperaba..., pero temo abusar de ella... Ya ha hecho bastante por mí.

—¿Se refiere a la señora Welman? No diga tonterías. En cualquier caso, estaría cumpliendo con su deber. Hasta ahora le ha dado una educación superficial, ya que no la ha puesto en condiciones de ganarse la vida por sí sola. ¿Por qué no se dedica a dar clases?

—No me creo lo bastante capacitada.

—¡Lo que le pasa a usted es que es demasiado tímida! Siga usted mi consejo, Mary. Tenga paciencia; como le he dicho, la señora Welman está obligada a proporcionarle los medios para ganarse la vida honradamente. Esté segura de que ella tiene tal intención. Se ha encariñado tanto con usted que, por ahora, no le permitiría en absoluto que se marchara de su lado.

—¿Lo cree usted de veras? —preguntó Mary, tartamudeando de emoción.

—No me cabe la menor duda. La pobre señora es incapaz de hacer el más leve movimiento, con todo un lado paralizado..., y se desespera cuando no tiene a nadie que la distraiga. En usted ha encontrado una compañera ideal que no podría pagar con todo el dinero que posee.

—Si piensa usted de veras lo que dice, me tranquiliza —murmuró Mary—. ¡Quiero tanto a la señora Welman!... ¡Ha sido siempre tan buena conmigo!... ¡Sería capaz de cualquier cosa por ella!

—Entonces, lo mejor que puede hacer es seguir acompañándola y no preocuparse... —repuso la enfermera Hopkins—. ¡No estará así mucho tiempo!...

Mary se sobresaltó.

—¿Quiere usted decir?...

—Ahora se encuentra bien..., pero esa mejoría no durará mucho. No tardará en sufrir un segundo ataque y luego un tercero... Lo sé por experiencia. Tenga paciencia, hija mía; procure endulzar los últimos días de la enferma; esa será la mejor acción que habrá hecho usted en su vida. Luego podrá dedicarse a buscar un empleo acorde a sus conocimientos.

—Es usted muy amable —dijo Mary.

—¡Mire! —exclamó la enfermera Hopkins—. Ahora sale su padre de casa y no parece que piense pasar un día agradable, por lo que veo.

Las dos mujeres se encontraban junto a las grandes puertas de hierro. Por la escalera de la casa del guarda apareció un anciano encorvado que descendió fatigosamente los escalones.

La enfermera Hopkins lo saludó jovial.

—¡Buenos días, señor Gerrard!

—¡Bah! —respondió Ephraim Gerrard con enojo.

—¡Hace buen día! —se atrevió a decir la enfermera.

—¡Para usted, tal vez, pero no para mí! El lumbago me está martirizando.

UN TRISTE CIPRÉS

—Eso es por la humedad de la semana pasada. Con el tiempo seco del que disfrutamos ahora, mejorará mucho.

El aire profesional de la mujer encolerizó al anciano.

—¡Oh, enfermeras, enfermeras!... —gruñó—. ¡Sois todas iguales! ¡Con qué amabilidad hipócrita tratáis a los que sufrimos..., y qué poco os importamos! Mire a Mary. Creí que aspiraría a algo mejor que a ser enfermera, con todos esos conocimientos que ha adquirido: alemán, francés, piano..., y los modales de gran señora que se ha traído del extranjero...

—¡Qué más quisiera yo que ser enfermera de un hospital! —repuso Mary, disgustada.

—Sí... ¡Qué bien ibas a estar!... ¡A ti lo que te gusta es no hacer nada..., nada de provecho! Te conozco de sobra.

Mary protestó, con los ojos cuajados de lágrimas.

—¡Eso no es verdad, papá! ¡No tienes motivos para hablar así!

La enfermera Hopkins intervino para poner fin a la disputa.

—Señor Gerrard, ya veo que hoy no se encuentra demasiado bien y no piensa lo que dice. Mary es una chica excelente y una buena hija.

—Ya no es mi hija..., con ese acento francés o alemán y ese aire de emperatriz... ¡Puaj! —Volvió la espalda y regresó a la casa.

—¿Ve usted, enfermera? —exclamó Mary sollozando—. No razona en absoluto... Nunca me ha querido. Mi pobre madre siempre tenía que defenderme de él...

—No se preocupe —dijo la enfermera amablemente—. Esos sufrimientos nos los envía Dios para poner-

35

nos a prueba. Bueno, me marcho, que todavía tengo mucho que hacer. ¡Hasta mañana!

Mientras observaba a la briosa figura alejarse, Mary Gerrard pensaba con desesperación que, en realidad, nadie tenía intención de ser bueno con ella ni de ayudarla. La enfermera Hopkins, a pesar de su amabilidad, no hacía sino valerse de una retahíla de lugares comunes que ofrecía con aires de novedad.

«¿Qué voy a hacer?», se decía Mary con desconsuelo.

Capítulo 2

I

La señora Welman yacía apoyada en sus bien mullidas almohadas. Respiraba con cierta dificultad, pero no estaba dormida. Tenía los ojos, profundos y azules como los de su sobrina Elinor, fijos en el techo de la habitación. Era una señora gruesa con un atractivo perfil de halcón. Su rostro desprendía orgullo y determinación. Bajó la vista y la dirigió hacia la figura que había junto al balcón. La miró con ternura y un deje de tristeza.

—Mary... —dijo al fin.

La muchacha se volvió con rapidez.

—¿Está usted despierta, señora Welman?

—Naturalmente... —respondió la anciana sonriendo—. No he dormido en absoluto...

—¡Oh!... Créame que no lo sabía... Yo creía que...

La señora Welman la interrumpió.

—No te disculpes, tontina... Estaba pensando..., pensando en muchas cosas...

—¿En qué, señora Welman?

La mirada de simpatía y el interés que demostraba la voz de la muchacha suavizaron el rostro de la enferma, que adquirió una expresión de ternura.

AGATHA CHRISTIE

—Te quiero mucho, querida —dijo con suavidad—.
Eres muy buena conmigo.

—¡Oh, señora Welman!... ¡Usted sí que es buena! Si
no hubiese sido por usted, no sé cómo me las habría apa-
ñado. Ha hecho todo por mí.

—No sé..., no sé... —dijo la enferma agitando nerviosamente el brazo derecho. El izquierdo reposaba sobre
la cama, inerte—. He querido obrar lo mejor que he podido contigo... Pero... ¡es tan difícil saber qué es lo mejor... y lo más conveniente!... Siempre he confiado demasiado en mí misma...

—Usted sabe siempre qué es lo justo y lo conveniente
—respondió Mary Gerrard con afecto.

Laura Welman movió la cabeza.

—No..., no. Estoy muy preocupada... Todos tenemos
nuestros defectos... Yo soy muy orgullosa... Y el orgullo
es un pecado gravísimo. Mi sobrina Elinor también es
muy orgullosa... ¡Ah, niña mía, a veces, el orgullo es la
ruina de las familias!

—¡Qué contenta se pondrá usted cuando vengan la
señorita Elinor y el señor Roderick! —se apresuró a decir Mary—. Su presencia la animará mucho... Ya hace
tiempo que no pasan por aquí...

—Sí... Son buenos muchachos..., muy buenos muchachos. Y me quieren los dos. Sé que no tengo más que lla-
marlos para que acudan inmediatamente; pero no quiero
hacerlo demasiado a menudo. Son jóvenes y felices..., tienen el mundo ante ellos. ¡Para qué hacerlos venir junto al
dolor y la vejez sin necesidad!

—Estoy segura de que ellos nunca pensarían tal cosa
—dijo Mary.

La señora Welman siguió hablando, más para sí misma que para la chica.

—Siempre he albergado la esperanza de que se casaran, pero nunca he querido hacerles la menor sugerencia. ¡Los jóvenes son tan aficionados a llevarnos la contraria a los viejos! Se me ocurrió esa idea cuando aún eran niños... Creo que Elinor ya se había enamorado de Roddy, pero no estaba muy segura de los sentimientos de él. Roddy es una criatura extraña, ¿verdad?... Henry era como él..., reservado y algo esquivo. —Permaneció silenciosa unos minutos, pensando en su marido. Luego murmuró—: ¡Hace ya tanto tiempo..., tanto tiempo!... Apenas llevábamos cinco años casados cuando vino aquella enfermedad: una pulmonía bilateral... Éramos felices... Sí, muy felices. Tanta felicidad parecía irreal... Yo era una chica rara, solemne, inmadura... Mi cabeza estaba llena de ideales y lo adoraba como si fuese un héroe. Completamente irreal.

—Debió usted de sentirse muy sola después —murmuró Mary enternecida.

—¿Después?... ¡Oh, sí, terriblemente sola! Tenía veintiséis años, y ya paso de los sesenta... Un tiempo muy largo, querida, muy largo..., muy largo. Y ahora, esto...

—¿Su enfermedad?

—Sí. La parálisis es lo que más he temido en toda mi vida. ¡Es indigno! ¡Tener que resignarme a que me laven, me peinen y me cuiden como si fuera un bebé!... Incapaz de hacer nada con mis propias manos... Me vuelve loca... Esa O'Brien es una criatura excepcional, con una paciencia de elefante, cariñosa; y no es más tonta, pero menos tampoco, que sus otras colegas... ¡Y, sin embargo, Mary, qué diferencia hay entre ella y tú!... ¡Nadie puede compararse contigo, querida!

—¿De veras? —preguntó la muchacha, que enrojeció

hasta las sienes—. Me... me... alegro mucho de que piense usted así de mí, señora Welman.

—Has estado preocupada estos días, no me lo niegues... Preocupada por tu porvenir... No te preocupes... Deja que yo me encargue... Te prometo que podrás emanciparte... Pero ten un poquito de paciencia... Ahora me haces mucha falta.

—¡Oh, señora Welman! ¡Claro que no..., claro que no la dejaré a usted por nada del mundo si usted me quiere a su lado!

—Sí, querida; me haces mucha falta, mucha. —El tono de voz de la anciana revelaba que se había emocionado—. Eres... casi una... hija para mí, Mary. Te vi nacer... casi..., y luego te he visto crecer..., hasta convertirte en la encantadora muchacha que eres ahora. Estoy orgullosa de ti, chiquilla... Dios quiera que lo que he hecho por ti haya sido lo mejor.

—Si se refiere usted a lo buena que ha sido conmigo y a la educación que me ha dado, tan por encima de mi... de mi situación social... —dijo Mary rápidamente—, si usted cree que estoy disgustada por lo que mi padre llama «ideas de señorita holgazana», se equivoca. Si ardo en deseos de ganarme la vida es para demostrarle mi agradecimiento, porque me da rabia ver que no hago nada por mí misma, después de todo lo que usted se ha esforzado por darme una educación. En especial, me atormenta la idea de que alguien pueda pensar que yo... me estoy... aprovechando de usted.

—¿Es eso lo que ha estado metiéndote Gerrard en la cabeza? —exclamó Laura Welman como si fuera una leona protegiendo a sus crías—. ¡No le hagas caso a tu padre, Mary! ¡Nadie se atreverá jamás a pensar eso de

UN TRISTE CIPRÉS

ti! Te ruego que te quedes a mi lado... Por lo menos, hasta que muera... No tendrás que esperar mucho...

—¡Oh, no diga eso, señora Welman! El doctor Lord asegura que vivirá usted todavía mucho tiempo.

—No es ese mi deseo, querida. El otro día le sugerí que lo civilizado sería que procurara alivio a mi sufrimiento con alguna medicación que me permita morir sin dolor.

—¡¿Y qué dijo él?! —gritó Mary aterrada.

—El impertinente sabelotodo me respondió que no quería arriesgarse a que lo ahorcaran. Y luego añadió: «Si usted me dejara todo su dinero, sería diferente». ¡Valiente sinvergüenza! Sin embargo, me gusta. Sus visitas me alivian más que sus medicinas.

—Sí... Es muy simpático. La enfermera O'Brien tiene muy buena opinión de él, y la señorita Hopkins también.

—A su edad, esa Hopkins debería tener más juicio del que tiene. En cuanto a O'Brien, no hace más que exclamar: «¡Oh, doctor!», y está siempre revoloteando alrededor de él.

—¡Pobre enfermera O'Brien!

—No es mala, pero las enfermeras me ponen nerviosa; les parece que tienen que estar ofreciéndote a todas horas una «taza de té calentito» aunque sean las cinco de la mañana. —Hizo una pausa—. ¿Qué es eso? ¿Es el coche?

Mary se asomó a la ventana.

—Sí, señora. Es el coche. La señorita Elinor y el señor Roderick acaban de llegar.

II

—Me alegro mucho por ti y por Roderick —le dijo la señora Welman a su sobrina.

Elinor le sonrió.

—Lo suponía, tía Laura.

La anciana continuó después de vacilar un momento.

—¿Lo quieres, Elinor?

—Por supuesto —contestó ella enarcando las cejas perpleja.

—Perdóname, querida. Eres muy reservada. Es difícil saber qué es lo que piensas y lo que sientes. Cuando erais mucho más jóvenes, llegué a creer que te interesabas por Roddy... demasiado.

—¿Demasiado?

—Sí. Y no es prudente interesarse demasiado por un hombre. Me alegré cuando te marchaste a Alemania. Cuando volviste, parecía que te era indiferente... y me dio pena. Ya ves que soy una mujer difícil de contentar. Estoy convencida de que tienes una naturaleza... intensa... Un temperamento propio de nuestra familia..., que no hace feliz a quien lo posee... Como te decía, cuando regresaste de Alemania y observé que Roddy te parecía indiferente, me entristecí... Albergaba la esperanza de que os unierais... Ahora veo que estáis a punto de hacerlo y estoy contenta... ¿Lo quieres de verdad?

—Lo quiero bastante, pero no demasiado.

—Entonces seréis felices. Roddy necesita cariño, pero no le gustan las emociones violentas. Los arrebatos de ternura lo incomodan.

—Veo que conoces a Roddy muy bien, tía.

—Si Roddy te quiere un poquitín más que tú a él, estaréis perfectamente juntos —repuso la anciana.

—Sí, como en la columna de consejos del periódico: «¡Que tu prometido no sepa nunca con seguridad lo que piensas de él! ¡Déjale que trate de adivinarlo!» —exclamó la muchacha con acento indefinible.

UN TRISTE CIPRÉS

—A ti te ocurre algo, niña —replicó la mujer—. ¿Habéis tenido algún disgusto?

—No, tía, no pasa nada.

—Se me acaba de ocurrir que estás... ¿desilusionada? Querida, eres joven y sensible. La vida no tiene nada de agradable.

—Eso parece —respondió Elinor con algo de amargura en la voz.

—Querida..., ¿no eres feliz? —preguntó la señora Welman—. ¿Qué te pasa?

—Nada, absolutamente nada. —Elinor se levantó y se acercó a la ventana. Volviéndose a medias, dijo—: Dime la verdad, tía Laura..., ¿tú crees que el amor nos puede hacer felices?

—En el sentido al que te refieres, Elinor, no..., es probable que no... Amar con pasión a un hombre produce siempre más tristezas que alegrías... Pero, de todas formas, querida, debe de ser triste no haber experimentado nunca... ese sentimiento... Quien no ha amado jamás no puede decir que haya vivido de verdad...

La joven asintió con la cabeza.

—Sí, sí, tienes razón... —dijo pensativa—. Yo... también... —Se volvió de repente, con una expresión interrogante en los ojos azules—: Tía Laura...

Se abrió la puerta y apareció la pelirroja O'Brien.

—Señora Welman —dijo alegremente—, el doctor Lord acaba de llegar.

III

El doctor Lord era un hombre joven de treinta y dos años y cabellos ondulados. Tenía un rostro simpático, aunque feo y pecoso, con una mandíbula notablemente cuadrada. Sus ojos eran vivos y penetrantes, de color azul claro.

—¡Buenos días, señora Welman! —dijo al entrar.

—¡Buenos días, doctor Lord! Esta es mi sobrina, la señorita Carlisle.

Una expresión de inmensa admiración apareció en el rostro transparente del médico.

—¿Cómo está usted? —dijo inclinándose levemente.

Tomó con infinito cuidado la mano que le extendía Elinor, como si temiera romperla.

La señora Welman prosiguió.

—Elinor y mi sobrino han venido para darme ánimos.

—¡Espléndido! —exclamó el doctor—. Eso es precisamente lo que usted necesitaba.

Continuaba mirando a Elinor, entusiasmado.

—¿Lo veré antes de marcharse, doctor Lord? —dijo la joven acercándose a la puerta.

—¡Oh..., sí..., sí..., claro!

La chica salió y cerró tras de sí. El doctor se acercó al lecho de la mujer. La enfermera O'Brien lo acompañaba.

—¿Va a empezar ya con todos los embustes de su profesión, doctor? —bromeó la señora Welman—. Pulso, respiración, temperatura... ¡Qué charlatanes son ustedes!

—¡Oh, señora Welman..., qué cosas le dice usted al doctor! —exclamó la enfermera O'Brien con un suspiro.

—La señora Welman lee en mi corazón como en un libro abierto —bromeó también el médico—. De todas formas, mi buena señora, no me queda más remedio que seguir con mi rutina. Lo malo que tengo es que nunca aprendí a tratar bien a los enfermos.

—Usted es perfectamente correcto. Y sé que, en realidad, está orgulloso de su comportamiento.

UN TRISTE CIPRÉS

Peter Lord chasqueó la lengua y respondió:

—¡Eso es lo que usted dice!

Después de unos minutos de silencio, que el doctor empleó en auscultar detenidamente a la enferma, Lord se sentó en un sillón, junto a la cama, y exclamó sonriendo:

—¡Está usted estupenda!

—¿Cree usted que podré levantarme dentro de unas semanas? —preguntó la mujer.

—Tan pronto no.

—¿No? ¿Lo ve como es usted un charlatán? ¿Cree que vale la pena vivir así, tratada como un niño?

—¿Qué es lo que nos empuja a sobrevivir? ¿Ha oído usted hablar de una celda de la Torre de Londres que se usó en tiempos medievales y era tan pequeña que no se podía estar ni de pie ni tumbado ni sentado? Usted creería que el condenado a aquel tormento moriría al cabo de pocas semanas. Pues se equivoca. Un hombre vivió allí dieciséis años; luego lo liberaron y llegó a una edad avanzada.

—¿Y a qué viene esa historia?

—Pues a que lo que salvó a aquel hombre fue el instinto de supervivencia... Se muere porque ya no se tiene voluntad de vivir... He observado otra cosa curiosa: los que están siempre diciendo que «sería mejor morirse» son los que menos dispuestos están a hacerlo. Sin embargo, aquellos que lo tienen todo y que están rodeados de comodidades son los que más a menudo se dejan abatir y mueren lentamente, pues no tienen suficiente energía para vivir.

—Continúe... Es interesantísimo.

—Ya he terminado. Usted es de las personas que quieren vivir..., diga lo que diga... Y si su cuerpo quiere vivir, vivirá usted, aunque torture a su pobre cerebro.

45

La señora Welman cambió de tema, preguntando de sopetón:

—¿Qué le parece su trabajo?

—A mí me va muy bien —respondió él con una sonrisa.

—¿No es un poco aburrido para un hombre joven? ¿Por qué no se especializa en algo?

Lord negó con la cabeza y sus ondulados cabellos se balancearon.

—No... Me gusta mi profesión. Prefiero la medicina general. No creo que me gustara tratar con extraños bacilos y enfermedades raras. Me encantan el sarampión, la varicela y todo eso. Resulta interesantísimo observar de qué modo reaccionan las diferentes personas a estas enfermedades. Ver la mejoría que producen en ellas los tratamientos plenamente probados. Lo malo es que carezco de ambición. Permaneceré aquí hasta que posea unas patillas que me lleguen a las solapas. Entonces la gente del pueblo dirá: «Siempre nos ha atendido el doctor Lord, que es un individuo que conoce su oficio... Pero ya está algo anticuado. Llamaremos para este caso al joven doctor Fulano de Tal, que está de moda...».

—¡Hum! —gruñó la enferma—. Piensa usted en todo. El médico se levantó.

—Bueno... Me marcho.

—Creo que mi sobrina quiere hablarle. ¿Qué piensa usted de ella? No se conocían, ¿verdad?

El rostro de Lord adquirió un tinte escarlata: enrojeció hasta las pestañas.

—¡Oh, es... encantadora!... Y parece muy inteligente y...

La señora Welman, que se estaba divirtiendo muchísimo, pensó para sí: «¡Qué joven es en realidad!».

Luego, en voz alta, dijo:

—Debería usted casarse.

IV

Roddy vagaba por el jardín. Tras cruzar el césped y seguir un sendero pavimentado, llegó al huerto vallado. Había muchas hortalizas y legumbres. Se preguntó si Elinor y él llegarían a vivir algún día en Hunterbury. A él le gustaba la vida campestre, pero tenía sus dudas respecto a Elinor. Tal vez ella prefiriera residir en Londres...

Era difícil conocerla a fondo. No manifestaba claramente lo que pensaba o sentía. A él le gustaba que fuese misteriosa. Odiaba a las personas que le confiaban a uno sus pensamientos y sus sentimientos, que le permitían a uno ahondar en sus mecanismos internos. La reserva era siempre más interesante.

Juzgaba a Elinor casi perfecta. Nada de ella molestaba ni ofendía. Era encantadora a la vista, de agradable conversación... Siempre la más adorable de las compañeras.

«Soy el más afortunado de los mortales por tenerla. No puedo ni imaginar qué es lo que ella ha visto en un tipo vulgar como yo», pensaba satisfecho.

Porque Roderick Welman, a pesar de sus exigencias, no era presuntuoso. Sinceramente, le extrañaba que Elinor hubiera consentido en casarse con él.

El futuro se presentaba para él bastante agradable. Sabía muy bien hacia dónde se encaminaba su vida. Eso era siempre una ventaja. Suponía que Elinor y él se casarían muy pronto...; es decir, si Elinor quería. Tal vez deseara retrasarlo un poco. Él no debía meter prisa. Al principio, estarían algo apretados de dinero.

Pero no había que preocuparse por eso. Sinceramente, esperaba que tía Laura tardara en morirse. Ella lo quería mucho y siempre era muy amable con él y se interesaba por su vida cuando venía a pasar las vacaciones a Hunterbury.

Sus pensamientos se desviaron de la idea de la muerte de su tía (sus pensamientos, por lo general, se desviaban de toda cuestión desagradable). No le gustaba visualizar nada que fuera demasiado desapacible. Pero..., en fin, después de todo..., sería estupendo vivir en ese lugar, sobre todo teniendo los bolsillos llenos de dinero. Le habría gustado saber exactamente cuánto le iba a dejar su tía. ¡Claro que, en realidad, eso no tenía importancia! Con ciertas mujeres sí importaba mucho que el dinero fuera del marido o de la mujer. Pero con Elinor no. Ella tenía un gran tacto y Roderick sabía que la cuestión monetaria no sería un problema.

«No, no pasará nada..., ¡aunque tía Laura se lo deje todo a ella!», pensaba.

Salió de la huerta por la verja de atrás. Desde allí se podía contemplar el bosquecillo donde florecían los narcisos. Claro que ya no era época. Pero resultaba muy agradable ver el césped iluminado en los sitios por donde se colaban los rayos de sol a través de los árboles.

De pronto tuvo una sensación extraña... «Hay algo..., algo que nos faltaría para ser felices... No sé lo que es, pero nos falta algo», pensó.

Debido al resplandor verdoso, a la suavidad del ambiente, se le aceleró el pulso, la sangre le circuló a mayor velocidad por las venas y lo invadió una repentina impaciencia.

Una joven venía hacia él entre los árboles. Una joven de cabellos dorados y piel rosada.

UN TRISTE CIPRÉS

—Qué hermosa es... —murmuró.

Algo lo atenazó. Permaneció rígido, inmóvil. Se dio cuenta de que el mundo giraba, estaba trastornado; de repente, se había vuelto loco.

La joven se detuvo repentinamente; luego se acercó titubeando.

—¿No me recuerda, señor Roderick?... Ya hace mucho tiempo, desde luego. Soy Mary Gerrard, la de la casa del guarda.

—¿Mary Gerrard?

—Sí. He cambiado mucho desde la última vez.

—¡Oh, sin duda!... ¡No la hubiera reconocido!

Se quedó mirándola boquiabierto, tan entusiasmado que no oyó los pasos que se aproximaban.

—¡Hola, Mary!

Elinor estaba junto a ellos y se dirigía a la joven, que se había vuelto al advertir su presencia.

—¿Cómo está usted, señorita Elinor? —dijo Mary—. ¡Cuánto me alegro de volver a verla! ¡Para su tía ha sido una sorpresa más que agradable!

—Sí..., cuánto tiempo. La... enfermera O'Brien quiere verla. Va a levantar a la señora Welman y dice que usted la ayuda siempre.

—Voy corriendo —dijo Mary.

Hizo una ligera inclinación de cabeza hacia los dos jóvenes y salió rauda como una gacela. Se movía con una gracia extraordinaria.

—Atalanta... —murmuró Roddy.

Elinor no respondió. Después de un silencio que amenazaba con prolongarse de forma indefinida, dijo:

—Ya es hora de almorzar, Roddy. Regresemos.

Y lentamente se dirigieron a la casa.

V

—¡Anda, ven, Mary!... Es una película estupenda, con la Garbo. Y se desarrolla en París...

—Eres muy amable, Ted, pero no puedo ir... De veras, no puedo...

—No te comprendo, Mary... —replicó Ted, colérico—. ¡Qué cambio tan grande has dado en poco tiempo!

—No tienes razón en eso, Ted.

—Sí la tengo. Tu viaje a Alemania te ha estropeado. Ahora crees, por lo visto, que eres demasiado para mí.

—Eso no es verdad, Ted. No me gusta que me hables así —dijo ella con vehemencia.

El joven, tosco y sincero, la miró con admiración, a pesar de su cólera.

—Sí, es verdad. Pareces una verdadera dama...

—¿Y eso es malo?

—No, no. ¡Claro!

—Hoy en día todos somos iguales —dijo Mary rápidamente.

—Sí, cierto —convino Ted pensativo—. Pero no eres la misma de antes... Pareces una duquesa o una condesa, o algo por el estilo.

—Eso no quiere decir nada —respondió Mary con una sonrisa—. He visto condesas que parecen cocineras.

—Bueno, ya me entiendes.

Una figura majestuosa de amplias proporciones, vestida de elegante negro, se aproximó a ellos y los miró de soslayo. Ted se hizo a un lado respetuosamente.

—¡Buenas tardes, señora Bishop! —dijo.

La señora Bishop inclinó la cabeza con cortesía.

—¡Buenas tardes, Ted Bigland! ¡Buenas tardes, Mary!

UN TRISTE CIPRÉS

Continuó su camino como una goleta con las velas desplegadas.

—¡Ella sí que parece una duquesa! —murmuró Mary.

—Sí... Tiene buenos modales... A veces me hace enrojecer...

—La señora Bishop no me quiere —lo interrumpió Mary.

—No digas tonterías, chiquilla.

—Es verdad, no me quiere. Siempre me habla con rudeza.

—Te tiene celos. Eso es todo.

—Tal vez sea eso —respondió Mary sin convicción.

—No puede ser otra cosa. Ha sido el ama de llaves de Hunterbury durante muchos años... Casi la verdadera dueña. Y ahora la señora Welman se ha encaprichado contigo y la ha dejado de lado.

—Es una tontería, pero no puedo soportar que haya alguien que me odie —dijo Mary en tono sombrío—. Me gusta que todos los que me rodean me quieran.

—Pues no puedes esperar eso de todas las mujeres. Son gatos envidiosos que no pueden ver a una joven tan guapa y elegante como tú sin sentir un aborrecimiento invencible...

—Los celos son horribles.

—Tal vez..., pero existen. El otro día vi una película buenísima en Alledore. El protagonista era Clark Gable. Era sobre uno de esos multimillonarios que tienen abandonada a su mujer en casa, y ella fingió que lo había engañado. Y un amigo de...

Mary se volvió para marcharse.

—Lo siento, Ted. Tengo que irme. Es tarde.

—¿Adónde vas?

—A tomar el té con la señorita Hopkins, la enfermera.

51

Ted hizo una mueca.

—¡Vaya un capricho! Esa mujer es la chismosa más grande de toda la comarca. Mete esas narices tan largas que Dios le ha dado en todo.

—Pero es muy buena conmigo.

—¡Oh, no quiero decir que sea mala! Es que le gusta demasiado hablar.

—Adiós, Ted.

El joven la vio alejarse con un profundo resentimiento.

VI

La enfermera Hopkins vivía en una casita al final del pueblo. Acababa de llegar y estaba desatándose los cordones de la cofia cuando entró Mary.

—¡Ah, es usted! Se me ha hecho un poco tarde. La anciana señora Caldecott está bastante mal otra vez. He visto que estaba usted al final de la calle con Ted Bigland.

—Sí —respondió Mary.

A la enfermera se le estremeció la punta de la larga nariz mientras encendía el gas para poner la tetera.

—¿Le dijo algo en particular, querida?

—No. Simplemente me invitó a ir al cine con él.

—Pues mire, Mary, Ted es un chico excelente, muy trabajador y honrado... Pero no le conviene a usted... Usted, con su educación y su cara de ángel, debe aspirar a algo más. Lo mejor es que, cuando llegue el momento, aprenda a dar masajes, como le decía. Conocerá a mucha gente y hará buenas relaciones, y, sobre todo, no tendrá que depender de nadie.

—Lo pensaré, señorita Hopkins. La señora Welman

me habló el otro día. Tenía usted tanta razón en lo que me dijo... No quiere que me vaya justo ahora. Me confesó que le hago mucha falta. Pero me prometió que se ocuparía de mi porvenir.

—¿Quién sabe lo que hará luego? —repuso la enfermera, como dudando—. ¡Los viejos son tan raros!

—¿Cree usted que la señora Bishop me odia... o es solo producto de mi imaginación? —preguntó Mary.

La enfermera se lo pensó unos segundos.

—Desde luego, no le pone muy buena cara. Es una de esas personas que no pueden ver con buenos ojos los favores que la señora Welman hace a los demás. Ha visto el cariño que la enferma tiene por usted y está resentida. —Rio jovialmente—. Yo, en su lugar, no me preocuparía, querida. ¿Quiere abrir esa bolsa? Encontrará dentro un par de buñuelos exquisitos.

Capítulo 3

I

Anoche su tía tuvo una recaída. No es muy grave, pero sería conveniente que viniese lo más pronto posible.

Lord

II

En cuanto recibió el telegrama, Elinor llamó a Roddy y ambos cogieron el tren rumbo a Hunterbury.

Elinor no había visto mucho a Roddy en la última semana. En las dos breves ocasiones en que se reunieron, había habido algo extraño entre ellos. Roddy le había enviado flores..., un gran ramillete de rosas..., cosa realmente inusitada en él. Comieron juntos y Roddy estuvo más atento de lo habitual, le consultó lo que prefería comer y beber, y fue más solícito de lo normal al ayudarla a quitarse y ponerse el abrigo. Parecía que estaba representando un papel: el de novio enamorado...

«No seas idiota. No pasa nada. ¡Son solo imaginaciones tuyas! Es culpa de mi lado posesivo», pensó Elinor.

Sin embargo, la joven se mostraba con él más indiferente que de costumbre.

Ahora la tensión había pasado y hablaban con toda naturalidad.

—¡Pobrecilla! —exclamó Roddy—. ¡Con lo bien que estaba el otro día cuando la vi!

—Estoy muy preocupada por ella —respondió Elinor—. Sé lo desagradable que le resulta estar enferma, y supongo que ahora será más incapaz que antes para valerse por sí misma... Oh, Roddy, la gente debería poder liberarse del sufrimiento... si es lo que realmente quiere.

—Desde luego. Es lo que se debería hacer en una sociedad civilizada; pero, por desgracia, no es posible... A los animales les evitamos sufrimientos matándolos... Pero a los seres humanos... Supongo que siendo la naturaleza humana como es, habría gente que quitaría de en medio a sus familiares por dinero... quizá sin que ni siquiera estuvieran tan enfermos.

—Por supuesto, sería un médico quien debería hacerlo —dijo Elinor pensativa.

—Pero un médico puede ser un criminal también.

—El doctor Lord es un hombre digno de toda confianza.

—Sí..., parece buena persona... —dijo Roddy con indiferencia—, y también es simpático.

III

El doctor Lord estaba inclinado sobre el lecho de la señora Welman. La enfermera O'Brien se hallaba a su lado. El médico intentaba descifrar los gruñidos inarticulados que emitía la garganta de su paciente.

—Sí..., sí... No se ponga nerviosa —dijo—. Tómese su tiempo. Levante la mano derecha cuando quiera decir sí. ¿Está preocupada por algo?

Recibió una señal afirmativa.

—¿Algo urgente? Sí. ¿Quiere que se haga enseguida? ¿Hay que buscar a alguien? ¿A la señorita Carlisle? ¿Y al señor Welman? Ya están en camino.

La señora Welman intentó hablar, pero solo logró articular unos sonidos. El doctor Lord escuchó con suma atención.

—Querría usted que viniesen, pero no es solo eso, ¿verdad? ¿Algún otro pariente? No. ¿Negocios? ¿Algo relacionado con su dinero? ¡Ah! ¿Abogado? Sí... Eso está bien. ¿Quiere ver a su abogado? ¿Ahora mismo? Calma... Tenemos tiempo de sobra... ¿Qué dice? ¿Elinor? ¿Ella sabe a qué abogado debe dirigirse? Bien. No tardará ni media hora. Le diré lo que desea, subiré con ella y lo arreglaremos todo. No se preocupe. Ahora trate de descansar.

La observó un poco más. Luego se volvió y salió del dormitorio, acompañado de la enfermera O'Brien. En aquel momento, la enfermera Hopkins subía por la escalera.

—¡Buenas tardes, doctor! —dijo casi sin aliento.

—Buenas tardes, enfermera.

El médico las acompañó hasta la habitación de la enfermera O'Brien y les dio unas instrucciones. Hopkins debía permanecer allí toda la noche, turnándose con su colega.

—Mañana sin falta enviaré a alguien que pueda quedarse aquí por las noches. La epidemia de difteria nos ha dejado sin enfermeras en el hospital.

Después de darles aquellas órdenes, que ellas escu-

UN TRISTE CIPRÉS

charon con una atención reverente, el doctor Lord descendió por la escalera dispuesto a recibir a los sobrinos de la señora Welman, que no podían tardar en llegar.

En el vestíbulo se encontró con Mary Gerrard. Su carita pálida tenía una expresión de ansiedad.

—¿Está mejor, doctor?

—Pasará una noche tranquila. Eso es todo lo que puedo asegurar.

—Es... cruel..., injusto... —dijo la joven entrecortadamente.

—Sí... Desde luego —convino el doctor enternecido—. Me parece... —Se interrumpió—. ¡Ahí está el coche!

Salió al vestíbulo. Mary descendió la escalera corriendo.

—¿Está grave, doctor? —exclamó Elinor al entrar en el gabinete.

Roddy estaba muy pálido e inquieto.

—Me temo que va a producirle una impresión terrible, señorita —dijo el médico muy serio—. La parálisis se ha extendido. No es posible entender lo que dice. Está preocupadísima por algo relacionado con su abogado. ¿Sabe usted quién es, señorita Carlisle?

—El señor Seddon..., que tiene su despacho en Bloomsbury Square. Pero no estará allí a esta hora, y no sé la dirección de su domicilio particular.

—No hay prisa... Solamente estoy preocupado al ver la ansiedad de la enferma, y quiero que se tranquilice lo más pronto posible. ¿Quiere usted subir conmigo a ver si lo conseguimos?

—Por supuesto.

—Yo no soy imprescindible, ¿verdad? —preguntó Roddy.

57

AGATHA CHRISTIE

Estaba avergonzado de sí mismo, pero los enfermos le daban pavor... No se sentía capaz de ver a su tía esforzándose por pronunciar palabras ininteligibles.

—Su presencia no es necesaria, señor Welman —lo tranquilizó el doctor Lord—. Y no es conveniente que haya muchas personas en la habitación.

Roddy exhaló un suspiro de alivio.

Cuando el doctor y Elinor llegaron al dormitorio de la enferma, O'Brien estaba junto a ella.

Laura Welman, respirando fatigosamente, parecía sumida en una especie de sopor. Elinor se sentó al borde de la cama y permaneció unos segundos contemplando aquel rostro demacrado y convulso.

De pronto, el párpado derecho de la señora Welman tembló un instante y se alzó. Un cambio imperceptible se produjo en su rostro al reconocer a su sobrina.

Intentó hablar.

—¡Elinor...!

La joven dedujo la palabra por el movimiento de los labios torcidos de la anciana.

—Aquí estoy, querida tía —respondió rápidamente—. ¿Qué es lo que te preocupa? ¿Quieres que vaya a buscar al señor Seddon?

Otro de aquellos sonidos roncos. Elinor adivinó su significado.

—¿Mary Gerrard? —dijo.

Lentamente, la mano derecha de la anciana se movió en señal de asentimiento.

Un murmullo apagado surgió de los labios de la enferma. El doctor Lord y Elinor se miraron perplejos. La señora Welman repitió una y otra vez los sonidos inarticulados. Elinor consiguió comprender una de las palabras.

—¿Legado? ¿Quieres legarle algo?... ¿Dinero?... No te preocupes, tía. El señor Seddon llegará mañana, y todo se hará conforme a tus deseos.

La enferma pareció tranquilizarse. La ansiedad desapareció del único ojo que tenía abierto. Elinor tomó su mano derecha entre las suyas y sintió la débil presión de los dedos.

—Vosotros..., todo..., vosotros... —dijo la señora Welman con gran esfuerzo.

—Sí. Yo me encargaré de todo. Cálmate y descansa —respondió Elinor.

Volvió a sentir la presión de sus dedos. Luego, la mano inmóvil. El párpado se cerró.

El doctor Lord posó una mano sobre el hombro de Elinor y le hizo señas para que saliera de la habitación. La enfermera O'Brien volvió a ocupar su puesto junto al lecho.

Mary Gerrard estaba hablando con la enfermera Hopkins en el rellano de la escalera.

Al ver al doctor, se interrumpió y exclamó:

—¡Oh, doctor! ¿Puedo pasar a verla?

El médico asintió.

—Pero en silencio, para que no se despierte.

Mary se dirigió a la habitación de la enferma.

—Su tren ha venido con retraso —dijo el doctor Lord—. Yo...

Elinor estaba mirando hacia el punto por donde había desaparecido Mary. De pronto, se dio cuenta de que el doctor le hablaba. Volvió la cabeza y lo miró inquisitivamente. Él tenía la vista fija en ella. Las mejillas de Elinor se colorearon, ruborizadas.

—Perdóneme —se apresuró a decir—. ¿Qué me decía?

—¿Qué le decía?... No me acuerdo, señorita Carlisle... Estuvo usted espléndida en la habitación de su tía... —dijo despacio—. ¡Lo comprendió todo perfectamente!... ¡Consiguió tranquilizarla!... ¡Es usted maravillosa!

La punta de la nariz de la enfermera Hopkins vibró levísimamente.

—¡Pobrecilla! ¡No puede usted imaginar lo que me ha impresionado verla en ese estado! —dijo Elinor.

—Sin embargo, no lo demostró. Tiene usted un dominio absoluto de sus emociones.

—He aprendido a ocultar mis sentimientos —dijo Elinor, apretando los labios.

—Pero la máscara cae de vez en cuando —respondió el médico.

La enfermera Hopkins se metió en el cuarto de baño.

—¿La máscara? —preguntó Elinor levantando las delicadas cejas y mirándolo a los ojos.

El doctor se humedeció los labios para responder.

—El rostro humano no es, después de todo, más que una máscara, un antifaz.

—¿Y debajo de él?

—Debajo aparece siempre el ser primitivo, el verdadero, sea hombre o mujer.

La joven se volvió bruscamente y empezó a bajar los escalones. Peter Lord la siguió, perplejo e inusualmente serio.

Roddy apareció en el vestíbulo y se dirigió hacia ellos.

—¿Y bien? —preguntó ansiosamente.

—Da pena verla... —dijo Elinor—. No subas, Roddy..., hasta que pregunte por ti.

—¿Desea algo... algo... especial? —preguntó Roddy.

—Tengo que marcharme —le dijo Lord a Elinor—.

Por el momento no se puede hacer nada. Volveré mañana temprano. Adiós, señorita Carlisle... No... no se preocupe demasiado.

Estrechó la mano de la joven con un apretón viril y consolador. Elinor pensó que la había mirado más intensamente que nunca..., como si la compadeciera...

Cuando la puerta se cerró detrás del doctor, Roddy repitió su pregunta.

—La tía Laura está preocupadísima por ciertos asuntos. La he tranquilizado diciéndole que el señor Seddon estará aquí mañana. Hay que llamarlo por teléfono —dijo Elinor.

—¿Va a hacer un nuevo testamento?

—No sé... No dijo nada de eso.

—¿Qué...?

Se interrumpió en seco. Mary Gerrard descendía a toda prisa por la escalera. Cruzó el vestíbulo y desapareció por la puerta de la cocina.

—¿Qué me ibas a preguntar? —dijo Elinor con voz ronca.

—¿Eh?... —dudó Roddy—. ¡Ah, lo he olvidado!

Tenía la vista clavada en la puerta por la que Mary Gerrard acababa de salir.

Elinor contrajo las manos. Sintió que las uñas, largas y cuidadas, le horadaban las palmas.

«¡No puedo soportarlo! —pensó—. ¡Oh, Roddy, no son imaginaciones mías, no! ¡Es la triste verdad!... Y no quiero perderte.»

Cerró los ojos, sumida en profundas reflexiones: «¿Qué será lo que vio el... el doctor... en mi cara? ¡Oh, Dios mío, qué triste es la vida a veces! Pero ¿qué te pasa, tonta? ¡Tranquilízate! ¡Vuelve a ser dueña de ti!».

Al fin, dijo en voz alta:

—Roddy, ya es hora de comer. Voy a subir con la tía y les diré a las enfermeras que bajen.

—¿Quieres que cene con ellas? —exclamó Roddy alarmado.

—¡No creo que te muerdan! —repuso Elinor con frialdad.

—Pero ¿y tú? ¿Por qué no comemos nosotros primero y luego las haces bajar?

—No. Yo no tengo apetito... —respondió Elinor—. Verás cómo te distraes con ellas.

«Ya no puedo sentarme a comer junto a él..., hablar a solas con él. ¡Oh, no..., no podría!», pensó.

—¡Deja que arregle las cosas a mi modo! —añadió en voz alta.

Capítulo 4

I

No fue una simple doncella la que despertó a Elinor al día siguiente, sino la señora Bishop en persona, con su traje negro pasado de moda y llorando de manera desconsolada.

—¡Oh, señorita Elinor, se nos ha ido!

—¿Cómo?

Elinor se sentó en la cama, frotándose los ojos.

—Su tía Laura, señorita, ha muerto mientras dormía...

—¿Ha muerto?

Elinor se la quedó mirando, incapaz de comprender. La señora Bishop continuó sollozando histéricamente.

—Pensar que he estado dieciocho años a su lado y que ha muerto así..., sola...

—Ha sido una verdadera suerte para ella haber muerto mientras dormía, sin sufrir... —repuso Elinor con cierta calma.

—Sí, pero ¡ha sido tan de repente...! El médico dijo que vendría esta mañana a hacerle la visita de costumbre.

—No podemos decir que haya sido de repente. Ya estaba enferma desde hacía bastante tiempo. Doy gracias al cielo por haberle evitado tantos sufrimientos.

La señora Bishop asintió. Luego dijo entre hipidos:

—¿Quién se lo dirá al señor Roderick?

—Yo misma.

Cubriéndose con un salto de cama, Elinor salió de su dormitorio y se encaminó a la habitación de Roddy. Llamó con los nudillos; oyó la voz de su primo, que le dijo «¡Adelante!», y entró.

—La tía Laura ha muerto, Roddy..., mientras dormía.

Roddy, sentándose en la cama, exhaló un profundo suspiro.

—¡Pobre tía Laura! Dios sea alabado por haberla llamado a su seno. Habría sido tremendo que hubiese continuado mucho tiempo en el estado en que se encontraba cuando la vi.

—No sabía que hubieses ido a verla.

—La verdad, Elinor, es que me sentía muy cobarde por no atreverme —dijo avergonzado—. Anoche me decidí y subí. La enfermera, la gorda, acababa de salir de la habitación. Recuerdo que llevaba una botella de las de agua caliente en la mano. La tía no supo que estuve allí. Después de permanecer un momento mirándola, salí cuando oí que la enfermera O'Brien subía por la escalera. ¡Fue terrible ver así a la tía!

—Sí, fue terrible —repitió Elinor mecánicamente.

—Debe de haber sufrido horrores hasta que...

—Desde luego —interrumpió Elinor.

—La forma en que tú y yo nos compenetramos es maravillosa. Siempre pensamos exactamente igual —dijo Roddy tras un corto silencio.

—Sí. Así es —convino Elinor en voz baja.

Y Roddy añadió:

—En este momento, los dos tenemos una sensación idéntica: el agradecimiento a Dios por habérsela llevado antes de que la vida se le hubiese hecho insoportable.

II

—¿Qué le pasa, señorita Hopkins? ¿Ha perdido algo?
—preguntó la enfermera O'Brien.

La enfermera Hopkins, con el rostro enrojecido, hurgaba nerviosamente en el interior del maletín de cuero que había dejado en el vestíbulo la noche anterior.

—Es extraño —gruñó malhumorada—. No me explico cómo puede haberme sucedido esto.

—¿El qué?

—¿No le he hablado de Eliza Rykin, la enferma de sarcoma? —farfulló la enfermera Hopkins—. Tengo que inyectarle morfina dos veces al día, mañana y tarde. Ayer a última hora acabé un tubo de tabletas hipodérmicas y juraría que traía otro nuevo.

—Mire otra vez. ¡Son tan pequeños!

La enfermera Hopkins volvió a inspeccionar el contenido del maletín.

—No está. Tal vez lo dejé en casa, en mi botiquín. No volveré a confiar en mi memoria después de esto. Estaba segura de que lo llevaba preparado.

—¿Posó el maletín en algún sitio antes de venir?

—No. El único sitio donde lo dejé fue aquí, en el vestíbulo, y no creo que nadie se haya atrevido a tocar nada. ¡Qué lamentable que haya perdido la memoria hasta este punto! Además, tendré que regresar a casa y luego ir hasta el otro extremo del pueblo.

—Espero que no tenga un día demasiado duro después de lo de anoche. Pobre señora. Ya sabía yo que no viviría mucho.

—Y yo. Pero me atrevo a decir que el doctor se llevará una desagradable sorpresa cuando se entere.

—Sí. Tenía ciertas esperanzas.

AGATHA CHRISTIE

—¡Ah, él es joven, le falta experiencia! —dijo la enfermera Hopkins.

Y, con esta sentencia poco favorable para el doctor, se marchó.

III

El doctor Lord enarcó las cejas, sorprendido.

—¿Ha muerto?

—Sí, doctor.

La enfermera O'Brien estuvo a punto de hablarle del fallecimiento con toda clase de detalles, pero se contuvo y esperó a que le preguntaran.

—¡Muerta! —repitió el doctor pensativamente. Tras un instante de reflexión, ordenó—: Hágame el favor de traer agua hervida.

La enfermera O'Brien, extrañada, no hizo comentario alguno. La disciplina era superior a su curiosidad. Si el doctor le hubiese dicho que le llevara la piel de un lagarto, habría murmurado: «Sí, doctor». Y habría ido obediente a buscarla, sin preocuparse de investigar por qué la necesitaba.

IV

—¿Quiere usted decir que mi tía murió *ab intestato*? —dijo Roderick Welman—. ¿Que no hizo testamento alguno?

El señor Seddon se limpió las gafas y respondió:

—Así es.

—Es extraño, ¿verdad?

UN TRISTE CIPRÉS

El señor Seddon tosió significativamente.

—No es tan extraordinario como usted se imagina. Sucede bastante a menudo. Hay una especie de superstición. La gente siempre piensa que tiene tiempo de sobra. El hecho de hacer testamento parece que aproxime la fecha de la muerte. Puede sonar extraño, pero es así.

—¿Nunca le sugirió a mi tía la idea de hacer el suyo?

—Con bastante frecuencia —repuso Seddon con sequedad.

—¿Y qué decía ella?

El abogado suspiró.

—Igual que todos: que no tenía prisa. Que no tenía intención de morirse. Que aún no había decidido la forma exacta en que quería que se distribuyese su dinero.

—Pero después del primer ataque..., la parálisis... —apuntó Elinor.

El señor Seddon movió la cabeza.

—Entonces fue peor... Me dijo que no quería que volviese a hablarle de ello.

—Es extraño —dijo Roddy.

—Nada de eso —repuso Seddon—. Su enfermedad la volvió mucho más nerviosa.

—Pero ella estaba deseando morirse...

—¡Ah, querida señorita Carlisle, la mente humana es un mecanismo curiosísimo! La señora Welman pensaba que quería morirse, pero junto a ese sentimiento albergaba la esperanza de recobrarse por completo. Y por eso consideró de mal agüero hacer testamento. Ya se sabe —prosiguió, dirigiéndose casi personalmente a Roddy— que todos tratamos de evitar enfrentarnos con cosas que nos resultan desagradables...

Roddy enrojeció al tiempo que murmuraba:

—Sí, sí..., claro. Sé lo que quiere decir.

67

—Pues bien, la señora Welman tenía la intención de hacer testamento, pero siempre lo dejaba para el día siguiente.

—Por esa razón estaba tan trastornada anoche... —dijo Elinor—. Quería que se le avisara a usted de inmediato.

—¡Sin duda! —replicó el señor Seddon.

—Y ahora, ¿qué ocurrirá? —preguntó Roddy.

—¿Con los bienes de la señora Welman? —dijo el abogado, y tosió profesionalmente—. Pues dado que murió sin hacer testamento, toda su fortuna pasa a su pariente más próximo..., es decir, a la señorita Elinor Carlisle.

—¿A mí? —preguntó Elinor asombrada.

—El Estado también tendrá su participación —se apresuró a añadir el abogado.

Después de extenderse en detalles sobre extremos legales, que impacientaron a sus interlocutores, el abogado concluyó:

—Pudiendo disponer libremente de su dinero, la señora Welman estaba facultada para cederlo a quien creyese conveniente. No habiéndolo hecho, toda su fortuna pasará a la señorita Carlisle. El impuesto del Tesoro será..., ¡ejem!, algo elevado; no obstante, después de satisfacer su pago, quedará una fortuna considerable. Casi todo está invertido en valores del Estado.

—¿Y Roderick? —preguntó Elinor.

—El señor Welman no es más que el sobrino del esposo de la señora Welman. No lleva su sangre.

—De todas formas, no importa. Roderick y yo vamos a casarnos —replicó Elinor lentamente, aunque no miró a Roddy.

—¡Estupendo! —exclamó el abogado.

V

—No importa, ¿verdad? —preguntó Elinor, casi en tono de súplica.

El señor Seddon se había marchado.

El rostro de Roddy se estremeció nerviosamente.

—Es tuyo, Elinor —dijo—. ¡Por Dios santo!... ¡Que no se te meta en la cabeza la idea de compartirlo conmigo! ¡No quiero ni un penique de todo ese condenado dinero!

—¿No habíamos acordado que, fuera quien fuese el beneficiario de la herencia, lo repartiría con el otro al... casarnos? —repuso Elinor con voz insegura.

Él no respondió.

—¿No recuerdas haber dicho eso, Roddy? —insistió ella.

—Sí.

Roddy fijó la vista en el suelo. Había una expresión de dolor en sus rasgos y un temblor en sus labios delicados.

—No importaría... si nos casáramos... Pero ¿lo haremos, Roddy? —dijo Elinor alzando de repente la cabeza con un gesto valiente.

—Que si haremos ¿qué? —replicó él, ensimismado.

—¿Nos vamos a casar?

—Esa era la idea. —Lo dijo con cierto tono de indiferencia—. Aunque, naturalmente, Elinor —prosiguió—, si ahora piensas de otra forma...

—¡Oh, Roddy! —exclamó Elinor— ¿Por qué no eres sincero?

El joven hizo una mueca.

—¡Ah, Elinor, no sé lo que me ha pasado!...

—Yo sí...

—Tal vez sea que no me gusta la idea de vivir a costa del dinero de mi esposa —dijo él rápidamente.

—No es eso —lo interrumpió ella, palideciendo—. Es otra cosa. —Hizo una corta pausa, y dijo en voz muy baja—: ¿No es por Mary?

—Tal vez. ¿Cómo lo sabes? —murmuró él, abatido.

—No era muy difícil adivinarlo —respondió Elinor torciendo los labios en un esfuerzo por sonreír—. Cualquiera podía leerlo en tu cara cada vez que la mirabas.

—¡Oh, Elinor! —exclamó el joven, incapaz de fingir—. ¡No sé cómo ha sucedido! ¡Debo de estar loco! ¡El primer día que la vi..., allí..., entre los árboles..., sentí algo extraño en mi interior! ¡Tú no puedes comprenderlo!

—Sí, lo comprendo. Sigue.

—No quería enamorarme de ella. Era casi feliz contigo. ¡Oh, Elinor, es tan pueril que te hable así!

—No seas tonto. Continúa. Cuéntame...

Roddy prosiguió, balbuceando.

—Eres maravillosa... ¡Cómo me consuela hablar contigo! ¡Te quiero tanto, Elinor! Debes creerlo. Lo otro es como una especie de hechizo sobrenatural. Ha trastornado todo: mi concepción de la vida, mi alegría..., y todo el orden razonable de... de...

—El amor no es muy razonable, desde luego.

—No —convino Roddy confuso.

—¿Le has dicho algo a... ella? —preguntó Elinor con un temblor en la voz.

Roddy reflexionó antes de responder.

—Esta mañana..., como un loco... He perdido la cabeza... Y ella no me ha permitido seguir hablando... Me ha dicho que pensara en tía Laura... y en ti...

Elinor se quitó el anillo de diamantes que llevaba en el dedo.

UN TRISTE CIPRÉS

—Será mejor que te lo devuelva, Roddy.

—Elinor, no puedes imaginarte cuánto me lo reprocho... —respondió él, al tiempo que cogía el anillo.

La joven lo interrumpió sosegadamente.

—¿Crees que se casará contigo?

Él movió la cabeza.

—No tengo la menor idea... No..., no lo creo... Por lo menos hasta que pase algún tiempo. Ahora no le interesó, pero tal vez..., después..., llegue a quererme.

—Tienes razón. Dale algún tiempo. No la veas durante varias semanas, y luego empiezas de nuevo.

—¡Querida Elinor! ¡Eres la mejor amiga que he tenido en mi vida! —Tomó una mano de la joven y la besó con fuerza—. ¡Sabes, Elinor, que te quiero..., te quiero igual que siempre! A veces, Mary no me parece más que un sueño... Tal vez despierte algún día y me dé cuenta de que ella no existe...

—Si Mary no existiese...

—A veces desearía con toda mi alma que no hubiese existido jamás... —repuso Roddy con una intensidad repentina—. Tú y yo nos pertenecemos, Elinor..., nos pertenecemos, ¿verdad?

Elinor inclinó la cabeza despacio.

—Sí... Nos... pertenecemos —dijo como buenamente pudo.

Y pensó: «¡Si Mary no existiese!».

Capítulo 5

I

—¡Ha sido un funeral magnífico! —dijo emocionada la enfermera Hopkins.

—Pues sí —respondió la enfermera O'Brien—. ¡Y las flores! ¿Ha visto usted alguna vez tantas flores y tan hermosas como aquellas? Una corona de lirios blancos y una cruz de rosas amarillas. ¡Maravillosas!

La enfermera Hopkins suspiró y dio un mordisco a un bizcocho de mantequilla que tenía en la mano. Las dos enfermeras estaban ante una mesa del café El Caballito Azul.

—La señorita Carlisle es una joven generosa —continuó la enfermera Hopkins—. Me ha hecho un regalo espléndido, aunque no estaba obligada a ello.

—Sí, es una joven generosa y muy amable —confirmó la enfermera O'Brien—. Yo detesto la tacañería.

—Ha heredado una gran fortuna.

—Me pregunto... —dijo la enfermera O'Brien. Y se interrumpió.

—¿Sí? —respondió la enfermera Hopkins, como si quisiera alentarla a seguir hablando.

Sin embargo, se quedaron en silencio un momento, y la enfermera O'Brien añadió:

UN TRISTE CIPRÉS

—Es extraño que la señora Welman no hiciese testamento.

—Deberían obligar a la gente a que lo hiciese. Así se evitarían muchos disgustos...

—Quisiera saber a quién habría dejado su dinero la señora Welman en caso de que hubiera hecho testamento —interrumpió O'Brien.

—Yo solo sé una cosa —aseguró Hopkins.

—¿Cuál?

—Que habría dejado una buena suma a Mary... Mary Gerrard.

—Sí, tiene usted razón. Esa noche, mientras intentaban tranquilizar a la pobre enferma, la señorita Carlisle, cogiéndole una mano, le preguntó para qué quería que llamasen al abogado, y la señora Welman dijo: «¡Mary..., Mary!...». Y la señorita Elinor preguntó: «¿Mary Gerrard?». Y luego dijo que Mary recibiría lo que le correspondiera.

—¿De veras?

—Estoy segura de que, si la señora Welman hubiese vivido lo suficiente para hacer testamento, habría habido sorpresas para todos. ¡Quién sabe si hubiera dejado hasta el último penique a Mary Gerrard!

La enfermera Hopkins no estaba muy de acuerdo con eso.

—¿Cómo iba a quitar la herencia que les correspondía a los de su propia sangre?

—¡Hay sangre y sangre! —exclamó O'Brien, sibilina.

—¿Qué quiere usted decir con eso?

—No me gusta chismorrear —añadió la irlandesa con dignidad—, ni quiero mancillar el nombre de una muerta.

—Eso está bien —convino Hopkins—. Cuanto menos se hable, de menos hay que arrepentirse.

Volvieron a llenar las tazas de té.

—A propósito... ¿Encontró usted aquel tubo de morfina? —preguntó O'Brien.

La otra mujer frunció el ceño.

—No —dijo—. Estuve pensando en cómo pude haberla perdido, y he llegado a la conclusión de que debió de ocurrir así: puede que la dejase en la repisa de la chimenea mientras abría el armario, y puede que resbalase y cayese en el cesto de los papeles, que estaba lleno y que vacié en el cubo de la basura cuando salí de casa. —Hizo una pausa y prosiguió—: Debe de haber ocurrido así... No tiene otra explicación.

—Sí, eso debe de ser. Si no se dejó el maletín en ningún otro sitio más que en el vestíbulo de Hunterbury, tiene que haber pasado lo que acaba de decir. Debió de ir a parar al cubo de la basura.

—No tiene otra explicación, ¿verdad?

La enfermera O'Brien asintió rápidamente..., demasiado rápido.

—Yo no me preocuparía si fuese usted.

—No estoy preocupada... —repuso la enfermera Hopkins.

II

Grave y solemne con su traje negro, Elinor estaba sentada en la biblioteca, ante el enorme escritorio de la señora Welman, donde había esparcidos varios documentos. Acababa de hablar con los miembros del servicio de la casa y la señora Bishop. En aquel momento apareció en el marco de la puerta Mary Gerrard, que vaciló antes de entrar.

UN TRISTE CIPRÉS

—¿Deseaba usted verme, señorita Elinor?

Elinor levantó la vista.

—¡Oh, sí! ¿Tiene la bondad de sentarse aquí, Mary?

Mary se acercó y tomó asiento en la silla que Elinor le había indicado, un poco girada hacia la ventana. La luz que cayó sobre ella reveló toda la pureza de su piel e iluminó sus dorados cabellos.

Elinor se pasó una mano por la cara y observó a través de los dedos el rostro de la joven. «¿Será posible odiar a alguien tanto y no demostrarlo?», pensó.

—No ignora, Mary, que mi tía sentía cierta predilección por usted y que habría deseado asegurar su porvenir —dijo con voz agradable y formal.

—La señora Welman fue siempre muy buena conmigo —murmuró Mary con voz ahogada.

Elinor prosiguió con voz fría e inexpresiva.

—Mi tía habría concedido varios legados en caso de haber podido otorgar testamento. Puesto que murió sin hacerlo, yo asumo la responsabilidad de cumplir sus deseos. He consultado al señor Seddon y, siguiendo sus consejos, he confeccionado una lista de cantidades que percibirán los criados y criadas según el tiempo que llevan a nuestro servicio... —Hizo una pausa antes de proseguir—. Naturalmente, usted no puede ser incluida en esa relación. —Se detuvo un instante, creyendo que tal vez aquellas palabras pudieran disgustar a la joven, pero el rostro de esta no se inmutó—. Aunque mi tía estaba privada del habla, comprendí que quería legarle una cantidad.

—¡Qué bondadosa era! —dijo Mary sosegadamente.

Elinor terminó con brusquedad.

—Tan pronto como entre en posesión de la herencia, le entregaré a usted dos mil libras para que disponga de ellas como le plazca.

Mary enrojeció.

—¿Dos mil... dos mil libras?... ¡Oh, señorita Elinor, es usted muy generosa!... No sé qué decir.

—No es generosidad por mi parte ni tiene nada que decirme —exclamó con voz cortante.

Mary se ruborizó.

—No puede usted imaginarse de qué modo cambiará mi situación ese dinero.

—Me alegro —dijo Elinor; su voz se dulcificó un poco al preguntar—: ¿Tiene usted algún plan para el futuro?

—¡Oh..., sí!... —exclamó Mary—. Voy a aprender a dar masajes... Es lo que me ha aconsejado la enfermera Hopkins.

—Me parece una idea excelente. Iré a ver al señor Seddon para que me adelante algún dinero tan pronto como sea posible.

—Es usted muy buena, señorita Elinor —dijo Mary agradecida.

—No hago más que cumplir los deseos de tía Laura. —Después de titubear un momento, añadió—: Bueno, eso es todo.

La brusca despedida hirió la sensibilidad de la muchacha.

—Muchas gracias, señorita Elinor —dijo levantándose.

Luego salió de la habitación.

Elinor permaneció con los ojos fijos en un punto invisible. Nadie habría podido adivinar sus pensamientos. Continuó sentada, inmóvil, durante un buen rato...

UN TRISTE CIPRÉS

III

Al fin, Elinor fue en busca de Roddy. Lo encontró en la sala, mirando por la ventana. Se volvió bruscamente cuando entró la joven.

—¡Ya he terminado! —dijo ella—. Quinientas libras esterlinas para la señora Bishop: ¡ha estado aquí tantos años! Cien para la cocinera y cincuenta para Milly y Olive. Cinco libras esterlinas para cada uno de los otros. Veinticinco para Stephens, el primer jardinero; y, desde luego, algo para el viejo Gerrard, el guarda. Todavía no me he ocupado de él. Es un problema... Supongo que habrá que darle una pensión. —Hizo una pausa antes de continuar—: Asigno dos mil libras esterlinas a Mary Gerrard. ¿Crees tú que eso es lo que tía Laura hubiera querido? Me pareció que era la cantidad apropiada para ella.

—Sí, en efecto —contestó Roddy sin mirarla—. Siempre has tenido muy buen criterio, Elinor.

Se volvió para mirar de nuevo por la ventana.

Elinor contuvo el aliento un minuto. Luego empezó a hablar nerviosa, precipitada e incoherentemente.

—Hay algo más. Quiero... Es justo..., quiero decir..., que tú recibas la parte que por derecho te pertenece, Roddy.

Cuando él se giró sobre los talones con una expresión de irritación en el rostro, ella se apresuró a añadir:

—No, escucha, Roddy. ¡No es más que un acto de justicia! El dinero que era de tu tío... y que él dejó a su esposa... naturalmente él suponía que iría a parar a tus manos. Además, era el deseo de tía Laura. Lo sé por lo que ella me dijo varias veces. Y si yo tengo su dinero, tú debes recibir una parte; es lo justo. No puedo soportar la idea de que yo pueda haberte robado... simplemente porque tía Laura no quiso hacer testamento. ¡Tú tienes que comprender que esto no es más que justicia!

El rostro largo y delicado de Roddy palideció.

—¡Dios mío, Elinor! —dijo—. ¿Quieres que tenga la impresión de que soy un canalla? ¿Crees por un momento que podría... que yo podría aceptar ese dinero de ti?

—No es que te lo esté dando. Sencillamente, es un acto de justicia.

—¡No quiero tu dinero! —exclamó Roddy.

—¡No es mío!

—Es tuyo por ley, ¡y eso es lo que importa! Por amor de Dios, trata este asunto como si fuera un negocio. No quiero ni un penique de ti. Espero que no querrás que acepte una limosna.

—¡Roddy!

Él hizo un rápido gesto.

—Perdona, querida, lo siento. No sé lo que me digo. Estoy tan desconcertado, tan desorientado...

—¡Pobre Roddy!... —murmuró Elinor con dulzura.

Él había vuelto la cara del otro lado nuevamente y jugueteaba con la borla de los visillos.

—¿Sabes tú lo que Mary Gerrard se propone hacer? —preguntó tratando de mostrar indiferencia.

—Piensa aprender a dar masajes, según me ha dicho.

—Ya veo.

Hubo un silencio. Elinor se irguió; inclinó hacia atrás la cabeza. Su voz sonaba imperiosa cuando le dijo:

—Roddy, quiero que me escuches con atención.

Él se volvió hacia ella, ligeramente sorprendido.

—Desde luego, Elinor.

—Quiero que me hagas el favor de seguir mi consejo.

—¿Y cuál es tu consejo?

—No tienes muchas obligaciones que te aten —respondió Elinor con toda la calma del mundo—. Puedes permitirte unas vacaciones siempre que quieras, ¿verdad?

—¡Oh, sí!

—Entonces..., hazlo. Vete a alguna parte, al extranjero, durante..., digamos, tres meses. Vete solo. Traba nuevas amistades y visita lugares nuevos. Hablemos con franqueza. Ahora mismo crees que estás enamorado de Mary Gerrard. Quizá lo estés. Pero no es el momento de abordarla, lo sabes tan bien como yo. Nuestro compromiso queda roto. Vete al extranjero, pues, como un hombre libre; dentro de tres meses, como un hombre libre, puedes decidirte. Entonces sabrás mejor si realmente amas a Mary o si se trata tan solo de un capricho pasajero. Y si en ese momento tienes la absoluta certeza de que la amas, vuelve y dile que estás seguro de no equivocarte, y quizá ella te escuche entonces.

Roddy se acercó a Elinor. Le cogió una mano.

—¡Elinor, eres maravillosa! ¡Tienes una mente tan clara! ¡Eres tan objetiva! No eres mezquina. Te admiro más de lo que puedas imaginarte. Haré lo que dices. Me marcharé, me apartaré de todo y comprobaré si realmente estoy enamorado o si he estado haciendo el idiota. ¡Oh, Elinor! No sabes cuánto te aprecio. Me doy perfecta cuenta de que siempre has sido mil veces demasiado buena para mí. Dios te bendiga, querida, por tus bondades.

Rápida, impulsivamente, la besó en una mejilla y salió. Quizá hizo bien en no volver la cabeza y ver el rostro de ella.

AGATHA CHRISTIE

IV

Un par de días después, Mary le contó a la enfermera Hopkins que su suerte había cambiado.

Aquella mujer de espíritu práctico la felicitó afectuosamente.

—Ha sido una gran suerte para usted, Mary —dijo—. La difunta señora podía haber tenido muy buenas intenciones, pero, a menos que una cosa esté escrita, las intenciones no significan nada. Podría muy bien no haber recibido ni un penique.

—La señorita Elinor dijo que la noche en que murió la señora Welman le pidió que hiciera algo por mí.

La enfermera Hopkins resopló.

—Es posible. Pero muchas personas lo habrían olvidado. Los parientes son así. ¡He visto tantas cosas en mi vida!... Gente que moría diciendo que su querido hijo o su querida hija cumplirían sus deseos. De diez veces, nueve, el querido hijo o la querida hija encontraban algún motivo para no hacerlo. La naturaleza humana es así, y a nadie le gusta separarse de su dinero, a menos que se vea obligado. La señorita Elinor sabe cumplir mejor que la mayoría.

—Y, sin embargo..., me da la impresión de que no me aprecia —murmuró Mary.

—Tiene sus motivos —dijo Hopkins bruscamente—. No ponga esa cara de inocente, Mary. El señor Roderick lleva tiempo bebiendo los vientos por usted.

Mary enrojeció.

—Se ha enamorado de usted —continuó la enfermera—. ¿Qué me dice? ¿También está enamorada de él?

—No... no lo sé... No lo creo. Pero, desde luego, es muy simpático.

80

UN TRISTE CIPRÉS

—¡Hum! —murmuró Hopkins—. ¡No sería para mí! Es uno de esos hombres nerviosos y exigentes. Los hombres no sirven para gran cosa, aun en el mejor de los casos. No se precipite, Mary. Usted es muy bonita y puede escoger. La enfermera O'Brien me dijo el otro día que debería dedicarse al cine. Las rubias tienen mucho éxito, según he oído decir siempre.

—¿Qué debería hacer con mi padre, señora Hopkins? —preguntó Mary frunciendo levemente el ceño—. Él cree que yo debo darle parte de ese dinero.

—Nada de eso —contestó la señora Hopkins, airada—. La señora Welman no pensó en que ese dinero fuera a parar a sus manos. En mi opinión, hace muchos años que habría perdido el empleo de no ser por usted. ¡En mi vida he visto un hombre más gandul!

—¡Parece extraño que teniendo ella todo ese dinero no hiciera testamento diciendo cómo había de distribuirse!

La enfermera Hopkins movió la cabeza.

—La gente es así. Siempre lo aplaza.

—Me parece que ese tipo de supersticiones son una tontería —observó Mary.

—¿Ha hecho usted testamento, Mary? —preguntó la enfermera Hopkins.

La chica la miró asombrada.

—¡Oh, no!

—Y, sin embargo, ya es mayor de edad.

—Pero yo... yo no tengo nada que dejar. Bueno, ahora sí, claro.

—Desde luego que sí —dijo la enfermera Hopkins bruscamente—. Y una hermosa suma.

—¡Oh, no hay prisa!... —murmuró Mary.

—Ya ve —interrumpió la enfermera con sequedad—.

81

AGATHA CHRISTIE

Así es todo el mundo. Que sea una muchacha que goza de buena salud no implica que no pueda sufrir un accidente en un autobús o que la atropelle un coche.

—Ni siquiera sé cómo se hace un testamento —confesó Mary con una sonrisa.

—Pues es muy fácil. Puede pedir un impreso en la oficina de correos. Vamos a buscar uno.

Cuando volvieron de correos, extendieron el impreso sobre una mesa de la casita de la enfermera Hopkins y discutieron el asunto. La enfermera Hopkins se divertía muchísimo. Un testamento, declaró, era lo mejor después de una muerte.

—¿Quién recibiría el dinero si yo no hiciese testamento? —preguntó Mary.

—Supongo que su padre —respondió Hopkins, como dudando.

—De ninguna manera. Preferiría dejárselo a mi tía de Nueva Zelanda —soltó Mary con aspereza.

—De poco serviría dejárselo a su padre..., pues seguro que no ha de vivir mucho —dijo la otra mujer alegremente.

Mary había oído decir aquello a la enfermera Hopkins tantas veces que ya no le impresionaba.

—No recuerdo las señas de mi tía. No tenemos noticias de ella desde hace años.

—Supongo que eso no tiene importancia —observó la enfermera Hopkins—. ¿Conoce su nombre de pila?

—Se llama Mary, Mary Riley.

—Muy bien. Escriba que se lo deja todo a Mary Riley, hermana de la difunta Eliza Gerrard, de Hunterbury, Maidensford.

Mary escribió inclinándose sobre el impreso. Cuando llegó al final, se estremeció. Una sombra se había inter-

82

puesto entre ella y el sol. Levantó la vista y vio a Elinor Carlisle al otro lado de la ventana, mirando hacia dentro.

—¿Qué está haciendo, que parece tan ocupada? —preguntó Elinor.

—Está haciendo su testamento —respondió la enfermera Hopkins con una sonrisa.

—¿Haciendo su testamento?

De pronto, Elinor soltó una risa extraña..., casi histérica.

—¿De manera que está haciendo testamento, Mary? Es cómico. Muy cómico...

Riendo aún, se apartó de la ventana y echó a andar rápidamente por la calle. La enfermera Hopkins la miró asombrada.

—Pero ¿qué le pasa a esa mujer?

V

Elinor no había andado más de una docena de pasos, riendo todavía, cuando notó que alguien, por detrás, le posaba una mano en el brazo. Se detuvo de golpe y se volvió.

El doctor Lord la miró fijamente, con el ceño fruncido.

—¿De qué se ríe? —preguntó con apremio.

—La verdad..., no lo sé.

—¡Es una respuesta muy tonta!

Elinor se ruborizó.

—Creo que deben de ser los nervios. Miré por la ventana de la enfermera Hopkins, y... Mary Gerrard estaba escribiendo su testamento. Eso me hizo reír. ¡No sé por qué!

—¿No lo sabe? —la cortó bruscamente.

—Ha sido una tontería, ya le digo; estoy nerviosa.

—Le recetaré un tónico.

—¡Qué útil será! —bromeó ella.

Lord sonrió, desarmado.

—Completamente inútil, de acuerdo. Pero ¡es lo único que se puede hacer cuando una persona no quiere decir qué le pasa!

—No me pasa nada.

—Sí que le pasa, y mucho.

—Supongo que he tenido algo de tensión nerviosa...

—La creo. Pero no estoy hablando de eso. —Hizo una pausa—. ¿Va usted a quedarse mucho tiempo aquí?

—Me marcho mañana.

—¿No quiere usted vivir aquí?

Elinor negó con la cabeza.

—No..., jamás. Creo... creo... que venderé la casa si me hacen una buena oferta.

—Comprendo...

—Ahora tengo que irme.

Tendió la mano con firmeza. Peter Lord la cogió y la retuvo. En tono muy serio y un tanto preocupado, le rogó:

—Señorita Carlisle, ¿quiere hacer el favor de decirme en qué pensaba cuando se reía hace un momento?

Ella retiró la mano rápidamente.

—¿En qué había de pensar?

El rostro de Lord parecía grave y triste.

—Eso es lo que quisiera saber.

—¡Simplemente lo encontré muy divertido, eso es todo! —respondió ella con impaciencia.

—¿Que Mary Gerrard estuviese haciendo testamento? ¿Por qué? Hacer testamento es una cosa muy natural. Ahorra muchos sinsabores. ¡Aunque a veces también provoca disgustos!

—Desde luego, todo el mundo debería hacer testamento —dijo ella, todavía impaciente—. No quería decir eso.

—La señora Welman debería haber hecho testamento.

—Sí, en efecto.

El color le subió a la cara. El doctor Lord preguntó inesperadamente:

—¿Y usted?

—¿Yo?

—Sí, acaba usted de decir que todo el mundo debería hacer testamento. ¿Lo ha hecho usted?

Elinor lo observó antes de reírse.

—¡Qué cosa más curiosa! —exclamó—. No, no lo he hecho. ¡No había pensado en ello! Soy igual que mi tía Laura. ¿Sabe, doctor Lord?, ahora mismo me voy a casa y le escribiré al señor Seddon al respecto.

—Me parece muy acertado.

VI

En la biblioteca, Elinor acababa una carta:

Estimado señor Seddon:

¿Quiere hacer el favor de redactar un testamento para que yo lo firme? Uno que sea muy sencillo. Quiero dejárselo absolutamente todo a Roderick Welman.

Reciba un saludo cordial,

Elinor Carlisle

Miró el reloj. Faltaban unos minutos para que se llevaran el correo.

AGATHA CHRISTIE

Abrió el cajón de la mesa y recordó que había usado el último sello aquella mañana.

Sin embargo, estaba segura de que tenía algunos en su dormitorio.

Subió. Cuando volvió a entrar en la biblioteca con el sello en la mano, Roddy estaba de pie junto a la ventana.

—¿De modo que nos marchamos de aquí mañana? Hemos pasado muy buenos tiempos en nuestro querido Hunterbury —dijo él.

—¿Tienes algún inconveniente en que lo venda? —preguntó Elinor.

—¡Oh, no, no! Es lo mejor.

Se hizo un silencio. Elinor cogió su carta y le echó una ojeada para ver si estaba bien. Luego cerró el sobre y pegó el sello.

Capítulo 6

CARTA DE LA ENFERMERA O'BRIEN
A LA ENFERMERA HOPKINS, 14 DE JULIO

Laborough Court

Querida Hopkins:

Llevo unos días queriendo escribirle. Esta es una casa preciosa, y los cuadros que alberga son, según creo, muy famosos. Pero no puedo decir que sea tan cómoda como Hunterbury, si entiende a qué me refiero. En esta parte del campo es difícil encontrar una criada, y las chicas que hay son muy rústicas, y algunas poco serviciales. Aunque yo no soy de las que se quejan, la comida, cuando se manda en una bandeja, por lo menos debería estar caliente. ¡No hay sitio donde calentar un cacharro de agua, y el té no siempre se hace con agua hirviendo! En fin, es lo que hay. El paciente es un caballero muy simpático: una pulmonía bilateral, pero la crisis ha pasado y el doctor dice que está mejorando.

Lo que tengo que contarle, que es lo que realmente le interesará, es una coincidencia muy extraña: en el salón, sobre el piano, hay un retrato montado en un armazón de plata, y, ¿querrá usted creerme?, es el mismo retrato del que le había hablado: el del tal Lewis que me pidió la señora Welman aquella noche. Desde luego, me intrigó... ¿Y cómo no? Pregunté al mayordomo quién era, y me contestó al

AGATHA CHRISTIE

instante que era el hermano de lady Rattery, sir Lewis Rycroft. Vivía, por lo que parece, no muy lejos de aquí, y murió en la guerra. Muy triste, ¿no? Pregunté casualmente si estaba casado, y el mayordomo contestó que sí, pero que lady Rycroft ingresó en un manicomio, la pobre, poco después de su boda. «Vive aún», dijo. Interesante, ¿no le parece? Como ve, estábamos equivocadas. Tuvieron que quererse mucho él y la señora W., pero no pudieron casarse porque la esposa estaba en un manicomio. Parece cosa de película, ¿verdad? Y eso de que ella recordase los años pasados y antes de morir mirase el retrato de él... «Murió en la guerra, en el año 1917», dijo el mayordomo. Toda una novela, a mi entender.

¿Ha visto la última película de Myrna Loy? La proyectaban en Maidensford esta semana. ¡Y no hay ningún cine por aquí cerca! ¡Oh, es terrible encontrarse aislada en mitad del campo! ¡No me extraña que no den con criadas decentes!

Bueno, adiós por ahora, querida; escríbame y cuénteme todas las novedades.

Sinceramente suya,

Eileen O'Brien

CARTA DE LA ENFERMERA HOPKINS
A LA ENFERMERA O'BRIEN, 14 DE JULIO

Villa Rosa

Querida O'Brien:

Aquí todo continúa como siempre. Hunterbury está desierto; todos los criados se han marchado y hay un cartel que dice: SE VENDE. Vi a la señora Bishop el otro día; vive con su hermana, a unos kilómetros de aquí. Se llevó un disgusto,

UN TRISTE CIPRÉS

como puede imaginarse, al enterarse de que la casa estaba en venta. Al parecer, a ella le hacía mucha ilusión que la señorita Carlisle se casara con el señor Welman y vivieran aquí. ¡La señora B. dice que el compromiso se ha roto! La señorita Carlisle se marchó a Londres poco después de la muerte de su tía. Una o dos veces que la vi advertí en ella unas maneras muy extrañas. No puedo imaginar qué le ocurriría. Mary Gerrard se ha marchado a Londres y ha empezado a estudiar para ser masajista. Creo que ha hecho muy bien. La señorita Carlisle le dará dos mil libras esterlinas, lo cual me parece muy decente por su parte.

A propósito, es extraño cómo suceden las cosas. ¿Se acuerda de aquello que me contó sobre un retrato que le había enseñado a usted la señora Welman, el de un hombre llamado Lewis? Estaba yo conversando el otro día con la señora Slattery..., el ama de llaves del viejo doctor Ransome, que ejercía aquí antes que el doctor Lord..., y, desde luego, ella ha vivido siempre aquí y está muy enterada de la vida y milagros de la gente de estos parajes. Abordé el tema de un modo informal, mencionando algunos nombres de pila y comentando que el nombre de Lewis no era muy común, y, entre otros, ella nombró a sir Lewis Rycroft, de Forges Park. Por lo visto sirvió en la Gran Guerra, en el regimiento número 17 de Lanceros, y murió hacia el final de la contienda. Entonces yo dije: «Era un gran amigo de la señora Welman, de Hunterbury, ¿no es verdad?». Ella me miró y respondió que sí, que habían sido muy amigos y, según algunos, más que amigos, pero que ella no era nadie para hablar del tema y que por qué no habrían de ser amigos. Entonces yo dije que seguramente la señora Welman era viuda en aquella época, y ella contestó: «¡Oh, sí, era viuda!». Presumí al instante que ella estaba queriendo decir algo con aquella frase y en consecuencia manifesté que era extraño, entonces, que no se hubieran casado. Ella repuso al instante: «No podían casarse. Sir Lewis tenía a su esposa en un manicomio». ¡Por consiguiente, como ve, ahora lo sabemos todo! Considerando la facilidad con que se logra un divorcio en estos tiempos, me parece una pena que la locura no fuese un motivo para concederlo en aquel entonces.

¿Recuerda a aquel joven apuesto, Ted Bigland, que solía cortejar a Mary Gerrard? Ha venido a pedirme las señas de ella en Londres, pero no se las he dado. En mi opinión, Mary está por encima de Ted Bigland. Ignoro si usted se dio cuenta, querida, pero el señor R. W. estaba enamorado de ella. Es una lástima, porque ha habido disgustos. Fíjese bien: ese es el motivo por el cual la señorita Carlisle y él han roto su compromiso. Y, si me lo pregunta, le diré que esto la ha afectado mucho. Yo no sé lo que ella ve en él. Tengo la seguridad de que R. W. no hubiera sido objeto de mi elección, pero sé, por una persona bien enterada, que ella estaba locamente enamorada de él. Un lío, ¿no le parece? Y la señorita tiene ahora todo ese dinero... Creo que él esperaba que su tía le dejase una suma de importancia.

El viejo Gerrard, el guarda, decae a gran velocidad: ha sufrido varios ataques graves. Sigue tan grosero y quisquilloso como siempre. Llegó a decir el otro día que Mary no era su hija. Yo entonces le espeté: «A mí me daría vergüenza decir una cosa semejante de su esposa». Él me miró y contestó: «No es usted más que una idiota. No entiende nada». Amable no es, ¿verdad? Su mujer era, según tengo entendido, doncella de la señora Welman antes de su boda.

Vi La buena tierra la semana pasada. ¡Es muy bonita! Al parecer, las mujeres tienen que soportar muchas cosas en China.

Siempre suya,

Jessie Hopkins

UN TRISTE CIPRÉS

POSTAL DE LA ENFERMERA HOPKINS
A LA ENFERMERA O'BRIEN

¡Qué casualidad! ¡Nuestras cartas se cruzaron! ¿No le parece que hace un tiempo horrible?

POSTAL DE LA ENFERMERA O'BRIEN
A LA ENFERMERA HOPKINS

Recibí su carta esta mañana. ¡Qué coincidencia!

CARTA DE RODERICK WELMAN
A ELINOR CARLISLE, 15 DE JULIO

Querida Elinor:

Acabo de recibir tu carta. No, realmente, no me molesta que vendas la casa de Hunterbury. Has sido muy amable al consultarme. Creo que procedes muy bien si no te gusta vivir allí, lo cual es evidente. No obstante, es posible que tengas alguna dificultad a la hora de deshacerte de ella. Es una casa demasiado grande para las necesidades actuales, aunque, desde luego, se ha modernizado y cuenta con buenas dependencias para la servidumbre, gas, luz eléctrica y todo lo necesario. En cualquier caso, espero que tengas suerte.

El clima aquí es espléndido. Paso horas enteras en el mar. La gente es algo extraña, pero no me mezclo mucho con ellos. Ya me dijiste una vez que yo no era muy sociable. Temo que sea la pura verdad. Me parece que la mayor parte del género humano es extraordinariamente repulsivo. Seguro que los otros tienen hacia mí el mismo sentimiento.

Hace mucho tiempo que me di cuenta de que tú eras uno

91

de los representantes más aceptables de la humanidad. Estoy pensando en pasar una semana o dos en las costas dálmatas. Mis señas: A/A Thomas Cook, en Dubrovnik, a partir del día 22. Si puedo hacer algo por ti, dímelo.

Agradecido y con admiración,

Roddy

CARTA DEL SEÑOR SEDDON,
DEL DESPACHO SEDDON, BLATHERWICK Y SEDDON,
A LA SEÑORITA ELINOR CARLISLE, 20 DE JULIO

104 Bloomsbury Square

Distinguida señorita:

Creo que debe usted aceptar la oferta del mayor Somervell. 12.500 libras es una buena suma, y las grandes propiedades son muy difíciles de vender en estos tiempos. La condición principal de la compra es entrar inmediatamente en posesión de la finca y, como ha llegado a mis oídos que el citado mayor ha visitado varias propiedades de los alrededores, me permito aconsejarle que acepte lo más pronto posible.

El mayor está dispuesto a ocupar la casa amueblada durante tres meses mientras se formalizan los requisitos legales para que se efectúe la venta.

En lo que se refiere al guarda Gerrard y su pensión, me dice el doctor Lord que el pobre anciano se encuentra gravemente enfermo y que no es probable que viva más de un mes.

Aunque todavía no se ha resuelto nada, he adelantado cien libras a la señorita Mary Gerrard, de acuerdo con sus deseos.

Suyo afectísimo,

Edmund Seddon

UN TRISTE CIPRÉS

CARTA DEL DOCTOR LORD
A LA SEÑORITA ELINOR CARLISLE, 24 DE JULIO

Distinguida señorita:

El anciano Gerrard ha fallecido hoy. ¿Podría serle útil en algún otro asunto? Me he enterado de que ha vendido usted su casa al mayor Somervell, nuestro nuevo diputado.

La saluda atentamente,

Peter Lord

CARTA DE ELINOR CARLISLE
A MARY GERRARD, 25 DE JULIO

Querida Mary:

Con gran pesar me entero hoy del fallecimiento de su pobre padre.

Tengo una oferta de compra para Hunterbury de un tal mayor Somervell, que está deseando entrar inmediatamente en posesión de la casa. Yo iré por allí a recoger los papeles de mi tía y a organizar una limpieza general. ¿Querrá hacerme el favor de recoger los efectos de su difunto padre de la casa del guarda lo más pronto posible?

Espero que esté bien de salud y que no encuentre demasiado fatigosas las clases para aprender a dar masajes.

Un saludo de su afectísima,

Elinor Carlisle

AGATHA CHRISTIE

CARTA DE MARY GERRARD
A LA ENFERMERA HOPKINS, 25 DE JULIO

Querida enfermera Hopkins:

Le agradezco mucho lo que me escribe acerca de mi pobre padre. Me consuela pensar que no sufrió demasiado. La señorita Elinor me ha escrito diciéndome que ha vendido Hunterbury y que desea que desocupe la casa del guarda lo más pronto posible. ¿Podría usted alojarme si fuese mañana al funeral? En caso afirmativo, no se moleste en responderme.

Muy afectuosamente,

Mary Gerrard

Capítulo 7

I

Elinor Carlisle salió del King's Arms en la mañana del jueves 27 de julio y permaneció un par de minutos ojeando de arriba abajo la calle principal de Maidensford.

De pronto, con una exclamación de alegría, cruzó la calle.

No había error posible. Aquella figura elevada y digna, que parecía un galeón con las velas desplegadas, no podía ser sino el ama de llaves.

—¡Señora Bishop!

—¡Caram..., señorita Elinor! ¡Qué sorpresa! ¡Ignoraba que estuviese usted por aquí! Si hubiese sabido que se proponía visitar Hunterbury, la habría esperado en la casa. ¿Quién la atenderá? ¿Ha traído a alguien de Londres?

Elinor movió la cabeza.

—No pienso alojarme en la casa. Me hospedo en el King's Arms.

La señora Bishop miró el edificio que se alzaba frente a ella.

—Tengo entendido que no se está mal ahí. Está limpio y la cocina es buena. Pero no es a lo que está usted acostumbrada, señorita.

—Es bastante cómodo —repuso Elinor sonriente—. Además, no estaré más que un día o dos. Tengo que sacar varias cosas de la casa: todos los efectos personales de mi tía y varios muebles que me gustaría llevarme a Londres.

—¿Ha vendido ya la casa, entonces?

—Sí. A un tal mayor Somervell. Nuestro nuevo diputado. Como sabrá, sir George Kerr ha muerto, y este caballero ha resultado elegido.

—Sin oposición —apuntó la señora Bishop con grandilocuencia—. Siempre hemos tenido diputados conservadores en Maidensford.

—Me alegra que el comprador de la casa piense vivir en ella —añadió Elinor—. Me habría dado pena que la hubiese convertido en un hotel o la hubiera derribado para volver a edificar de nuevo.

La señora Bishop cerró los ojos y toda su aristocrática humanidad se estremeció. Opinaba exactamente como Elinor.

—Sí. Habría sido terrible. Ya es lamentable que Hunterbury pase a manos extrañas.

—Tiene usted razón —repuso Elinor—, pero es una casa demasiado grande para vivir sola en ella.

La señora Bishop exhaló un suspiro.

—Quería preguntarle... —se apresuró a decir Elinor—. ¿Tiene interés por alguno de los muebles? Si quiere alguno como recuerdo, me causaría un gran placer regalárselo.

El rostro de la señora Bishop expresó satisfacción.

—Oh, señorita Elinor..., es usted extraordinariamente amable. Si me atreviese...

Se detuvo, cohibida, pero Elinor la animó.

—¡Atrévase!

UN TRISTE CIPRÉS

—Pues bien... Siempre he admirado enormemente el *secrétaire* que hay en la sala de dibujo. ¡Es precioso!

Elinor recordó el mueble. Una ostentosa obra de marquetería.

—Es suyo, señora Bishop —dijo rápidamente—. ¿No quiere nada más?

—¡Oh, no, señorita Elinor, es usted muy generosa!

—Hay algunas sillas del mismo estilo que el *secrétaire* —dijo Elinor—. ¿Le gustarían?

La señora Bishop aceptó las sillas con el debido agradecimiento.

—Ahora estoy alojada en casa de mi hermana —dijo—. ¿Puedo ayudarla en algo allí, en Hunterbury, señorita Elinor? Iré con usted si lo desea.

—Se lo agradezco mucho, señora Bishop, pero no es necesario. Lo que he de hacer no requiere ayuda. Algunas cosas se hacen mejor sola...

—Como usted quiera, señorita. La hija de Gerrard está aquí. El entierro fue ayer. Se queda en casa de la enfermera Hopkins. He oído decir que piensan ir las dos hoy mismo a la casa del guarda.

Elinor asintió.

—Sí. Yo misma le pedí que viniese a recoger todo lo que pertenecía a su padre. El mayor Somervell quiere venir a vivir enseguida.

—Ya veo.

Elinor dio un paso atrás.

—Bueno, señora Bishop, tengo que marcharme. Me alegro mucho de verla. Tendré en cuenta lo del *secrétaire* y las sillas.

Estrechó la mano de la antigua ama de llaves y se despidió.

Se dirigió a la panadería y compró una barra de pan.

Luego pasó por la quesería para hacerse con algo de mantequilla y un poco de leche.

Por último, entró en la tienda de comestibles.

—Quería paté para hacer unos bocadillos.

—Enseguida, señorita Carlisle. —El señor Abbot le dio un codazo a su dependiente y se dispuso a atenderla él mismo—. ¿Qué prefiere? ¿Salmón y camarones? ¿Pavo y lengua? ¿Salmón y sardinas? ¿O quizá jamón y lengua?

Al mismo tiempo que hablaba iba sacando bote tras bote y alineándolos sobre el mostrador.

—A pesar de esos nombres, creo que todos saben igual —dijo Elinor con una leve sonrisa.

El señor Abbot asintió.

—Sí, en efecto; en cierto modo, sí. Pero son muy sabrosos, muy sabrosos.

—Durante un tiempo daba miedo comer estos patés de pescado —declaró Elinor—. Se han dado muchos casos de intoxicación.

El señor Abbot adoptó una expresión de horror.

—Puedo asegurarle a usted que este surtido es excelente... y de confianza. Jamás hemos recibido queja alguna.

—Deme uno de salmón y anchoas, y otro de salmón y camarones. Gracias —dijo al fin.

II

Elinor Carlisle penetró en los dominios de Hunterbury por la puerta de atrás. Era un día de verano soleado y caluroso. Los guisantes de olor estaban en flor. Elinor pasó rozando una fila de ellos. El ayudante del jardine-

UN TRISTE CIPRÉS

ro, Horlick, que había permanecido en su puesto para cuidar del jardín, la saludó respetuosamente.

—Buenos días, señorita. Recibí su carta. Encontrará abierta la puerta lateral. También he abierto las contraventanas y la mayoría de las ventanas.

—Gracias, Horlick —respondió Elinor.

Cuando la joven se alejaba, el muchacho, nervioso y con la nuez moviéndose espasmódicamente, la llamó.

—Perdóneme, señorita...

Elinor se volvió.

—¿Qué desea?

—¿Es verdad que ha vendido la casa?... Es decir..., ¿han cerrado ya la venta?

—Sí.

Horlick continuó, tartamudeando:

—Me preguntaba..., señorita..., si usted... me... recomendaría al mayor Somervell. Necesitará un... jardinero..., sin duda... Tal vez crea que yo soy todavía demasiado joven... para ser... primer jardinero... Pero, como usted sabe, he estado al servicio del señor Stephens cuatro años y puedo arreglármelas muy bien yo solo con todo este jardín...

—Haré lo que pueda por usted, Horlick —prometió Elinor—. De todas formas, tenía la intención de elogiar sus conocimientos de jardinería ante el nuevo dueño de Hunterbury.

El rostro de Horlick adquirió un tono púrpura.

—Muchas gracias, señorita. Es usted muy amable. Me ha quitado un peso de encima. Ya ve: la muerte repentina de su señora tía y la venta de Hunterbury me tenían muy preocupado... Además, pienso casarme el próximo otoño y... querría asegurarme...

Se interrumpió.

99

AGATHA CHRISTIE

—Espero que el mayor Somervell acepte sus servicios —dijo Elinor amablemente—. Confíe en que yo haré todo cuanto esté en mi mano.

—Gracias, señorita... Todos esperábamos que la familia conservara la finca... Gracias, señorita.

Elinor se alejó.

De pronto, como el vapor de una caldera que estalla, una ola de cólera, de resentimientos indescriptibles, la inundó: «Todos esperábamos que la familia conservara la finca...».

Roddy y ella deberían haber vivido allí. ¡Roddy y ella! A Roddy le habría gustado. Y a ella también. Los dos habían amado siempre Hunterbury... ¡Su querido Hunterbury!... En los años que precedieron a la muerte de sus padres, cuando vivían en la India, ella iba a pasar allí las vacaciones, jugaba en el bosque, vadeaba los arroyuelos, arrancaba guisantes en flor hasta formar grandes brazadas... Recordaba cuando comía uvas y grosellas hasta saciarse y frambuesas lustrosas de color rojo oscuro... Luego, las manzanas... Y los escondrijos secretos en que se ocultaba con un libro y leía horas y horas...

Ella había amado Hunterbury... Siempre había alimentado la esperanza de que podría vivir allí permanentemente, algún día... Tía Laura la había animado a esa idea con palabras y frases aquí y allá: «Algún día, Elinor, harás cortar esos tejos... ¡Son algo sombríos, tal vez!... ¡Tú te encargarás de que los arreglen!».

¿Y Roddy?... Roddy también pensaba que Hunterbury acabaría siendo su hogar... Tal vez se basaba en su cariño hacia ella y en la idea de que estarían juntos para siempre. Inconscientemente, él creía también que Hunterbury sería el complemento de su vida en común, y que habrían venido aquí a vivir juntos... En esos mo-

100

mentos estarían trasladándose a la magnífica residencia, en vez de sacando las cosas para venderlas. Estaría todo lleno de tapiceros, decoradores, albañiles... Y ellos planearían nuevas modificaciones que embelleciesen el interior y el exterior de aquella casa que era suya, de los dos... Y habrían paseado juntos, muy juntos, por su jardín, causando la envidia de todos por la felicidad que rebosarían... Así habría ocurrido si no hubiese sido por aquel fatal accidente de Mary y su belleza.

¿Qué sabía Roddy de Mary Gerrard? Nada, menos que nada. ¿Qué era lo que le atraía de Mary?

Indudablemente, la joven debía de tener buenas cualidades..., pero ¿las conocía Roddy?

¿No había dicho él mismo que estaba bajo el influjo de un «hechizo»?

¿No deseaba Roddy verse libre de él?

Si algún día Mary Gerrard... muriese..., por ejemplo..., tal vez Roddy reconociese: «Más vale así; ahora me doy cuenta. No teníamos nada en común. Habríamos sido desgraciados».

Tal vez hubiese añadido con suave melancolía: «Era una criatura encantadora...».

Si a Mary Gerrard le sucediese algo, Roddy volvería a ella... Estaba segura.

Si a Mary Gerrard le sucediese algo...

Elinor hizo girar el picaporte de la puerta lateral. Pasó de la luz a las sombras.

Parecía que algo la esperaba dentro de la casa... Tembló. Atravesó el vestíbulo, abrió otra puerta y entró en la trascocina. Olía a humedad. Empujó la ventana y la abrió de par en par. Sobre la mesa dejó todos los paquetes que traía: la mantequilla, el pan, la pequeña botella de leche.

Se quedó mirándolos un momento y pensó: «¡Qué estúpida soy...! ¡He olvidado el café!».

Miró en los botes que había sobre un estante. En uno había un poco de té, pero en ninguno encontró café.

—Bueno, no importa —murmuró.

Abrió los tarros de paté de pescado y se quedó ensimismada mirándolos. Luego salió de la trascocina y subió por la escalera. Se dirigió directamente a la habitación de la difunta señora Welman. Se aproximó a la cómoda y empezó a abrir cajones y a sacar vestidos, abanicos..., que fue apilando con cuidado.

III

En la casa del guarda, Mary miraba a su alrededor completamente abatida.

El pasado acudió a su mente como una película. Veía a su madre haciendo vestiditos para sus muñecas... y a su padre con su eterno mal humor. La odiaba. Sí, la odiaba...

De pronto, se volvió a la enfermera Hopkins.

—¿No le dio papá ningún encargo para mí antes de... morir?

—¡Oh, no! —dijo la enfermera con indiferencia—. Perdió el conocimiento una hora antes de exhalar el último suspiro.

—Creo que debería haber venido a cuidarlo. Después de todo, era mi padre.

—Mire, Mary —replicó la enfermera Hopkins con cierto embarazo—. La cuestión no es que fuese su padre o dejase de serlo. Los hijos no se preocupan gran cosa por sus padres en estos tiempos. Ni tampoco los padres por sus hijos. Eso dice la señorita Lambert, de la escuela secundaria: que la vida familiar es un error y que a los hijos debería educarlos y atenderlos el Estado. Las escuelas vendrían a ser una especie de orfanatos... Pero, en fin, es una pérdida de tiempo darle vueltas al pasado y ponerse sentimental. Hay que seguir viviendo... y ganarse la vida, que algunas veces no es tan fácil.

—Tal vez tenga usted razón —dijo Mary despacio, con tristeza—. Pero creo que es culpa mía que mi padre no haya congeniado conmigo.

—¡No diga tonterías! —exclamó la enfermera Hopkins.

La frase sonó como el estallido de una bomba. La enfermera Hopkins desvió la conversación hacia cuestiones más prácticas.

—¿Qué piensa usted hacer con los muebles? ¿Los va a vender? ¿O quiere llevarlos a un guardamuebles?

—No sé... ¿Qué opina usted?

Echándoles una ojeada, la enfermera Hopkins respondió:

—Algunos son de calidad y están en buen estado. Debe conservarlos y amueblar un pisito en Londres en cuanto pueda. Deshágase de los estropeados. Las sillas y la mesa están bien... Ese *bureau* parece un poco anticuado, pero es de caoba y es probable que el auténtico estilo victoriano vuelva a ponerse de moda... Yo vendería el armario. Es demasiado grande para transportarlo. Ocuparía la mitad de cualquier habitación.

Hicieron una lista de los muebles que cabía conservar o vender.

—El abogado ha sido muy amable... —aseguró Mary—. Me ha adelantado algún dinero para que empiece con los estudios y demás gastos. Pasará un mes o dos antes de que me lo den todo, según me dijo.

—¿Qué le parece su nuevo trabajo? —le preguntó la enfermera.

—Creo que me va a gustar mucho. Al principio, es muy cansado. Llego a casa agotada.

—Yo también creí que me iba a morir cuando empecé las prácticas en el Saint Luke's —dijo la enfermera Hopkins con gesto grave—. Estaba segura de que no podría resistir los tres años... Sin embargo, lo conseguí.

Habían sacado los trajes y demás ropas del difunto, y se encontraron con una caja de hojalata llena de papeles.

—Veamos todo esto —dijo Mary.

Se sentaron cada una a un lado de la mesa.

—¡Cuántas tonterías guarda la gente! —murmuró la enfermera Hopkins sacando un puñado de papeles—. Recortes de periódicos... Cartas antiguas... ¡De todo!

—¡Este es el certificado matrimonial de mis padres! —dijo Mary tras desdoblar un documento—. ¡Está fechado en Saint Albans..., en el año 1919!... ¡Oh! ¡Enfermera!

—¿Qué le ocurre, querida?

—¿No se da cuenta? —exclamó Mary con voz trémula—. Estamos en 1939... Y tengo veintiún años... En 1919 tenía uno... Esto quiere decir que papá y mamá se casaron... después...

La enfermera Hopkins frunció el ceño.

—¡Bueno! ¿Y qué? ¿Se va a preocupar por eso ahora?

—¡Oh, señorita Hopkins!

—Hay muchas parejas que no se deciden a ir a la vicaría hasta mucho tiempo después de lo que están obligados..., pero el caso es que lo hagan —dijo la enfermera con voz firme—. ¡Qué más da antes que después!

UN TRISTE CIPRÉS

—¿No cree usted que tal vez sea por eso por lo que mi padre me odiaba? —dijo Mary con una voz que parecía un susurro—. ¿Porque mi madre lo obligó a casarse con ella?

La enfermera titubeó. Se mordió los labios.

—No es eso... —Hizo una pausa y prosiguió—: No quiero que se preocupe más. Voy a decirle la verdad. El viejo Gerrard no era su padre.

—Entonces, ¿esa era la razón? —Mary suspiró.

—¡Tal vez!

Mary se atrevió a decir, sonrojada:

—Quizá no debería decirlo, pero créame que me alegro. Me reprochaba siempre para mis adentros el poco cariño que sentía hacia mi padre. Ahora que me dice usted que no lo era, me tranquilizo. ¿Cómo lo sabe usted?

—Gerrard habló mucho sobre eso antes de morir —le explicó la enfermera—. Yo quise evitar que charlara tan a tontas y a locas, por si sus palabras llegaban a oídos extraños; pero no me quiso hacer caso. Naturalmente, yo no se lo habría dicho a usted si no hubiese sido porque me daba lástima verla tan preocupada.

—Quisiera saber quién fue mi verdadero padre... —dijo Mary.

La enfermera titubeó. Abrió la boca y, sin decir palabra, la volvió a cerrar.

Una sombra se extendió por la habitación; al mirar las dos mujeres hacia la ventana, vieron a Elinor Carlisle.

—Buenos días —saludó Elinor.

—Buenos días, señorita Carlisle —respondió la enfermera—. Hace un tiempo espléndido, ¿verdad?

—¡Oh, buenos días, señorita Elinor! —dijo también Mary, que en un principio se había asustado.

—He hecho unos bocadillos. ¿Quieren venir a probarlos? Es la una de la tarde y les resultará una molestia tener que volver a casa a almorzar. Hay suficiente para tres...

—¡Oh, señorita Carlisle, es usted demasiado amable! —respondió la enfermera Hopkins, agradablemente sorprendida—. Sería un inconveniente interrumpir lo que estamos haciendo para ir al pueblo y luego regresar... Yo creía que podríamos acabarlo todo por la mañana... Pero esto lleva más tiempo del que una cree.

—Muchas gracias, señorita Elinor; es usted muy amable —dijo Mary agradecida.

Las tres abandonaron la casa del guarda y se dirigieron a la casa principal. Elinor había dejado abierta la puerta delantera. Entraron en el vestíbulo y Mary se estremeció ligeramente.

—¿Qué le sucede? —preguntó Elinor.

—No es nada... Frío, tal vez... El sol calienta tanto y esto está helado...

—Es curioso —dijo Elinor en voz baja—. Yo también he tenido ese mismo estremecimiento esta mañana.

—Vamos... ¿Quieren hacerme creer que hay fantasmas en la casa? Yo no he notado nada —bromeó la enfermera Hopkins, y se rio.

Elinor sonrió. Entraron en la sala de la derecha. Las persianas estaban subidas y las ventanas abiertas. La temperatura era más que agradable.

Elinor regresó al vestíbulo, entró en la trascocina y volvió al poco tiempo llevando en las manos una bandeja con bocadillos. Se la alargó a Mary.

—Tome uno —le dijo.

Mary cogió uno. Elinor la observó mientras la muchacha clavaba sus blancos dientes en el bocadillo.

Inconscientemente, permaneció unos segundos en muda contemplación, con la bandeja apoyada en el costado, hasta que, viendo la expresión hambrienta de la enfermera Hopkins, se la tendió.

Elinor cogió otro bocadillo.

—Quisiera haber podido ofrecerles café, pero olvidé traerlo —se excusó—. En aquella mesa tienen mantequilla si alguna de ustedes quiere.

—¡Si tuviéramos un poco de té! —se lamentó la enfermera Hopkins.

—Hay un poco en el bote de la trascocina —respondió Elinor distraídamente.

El rostro de la enfermera Hopkins se animó.

—Voy a encender el gas y pondré la tetera al fuego. ¿No hay leche? —preguntó.

—Sí. He traído una botella —repuso Elinor.

La enfermera salió apresurada hacia la trascocina.

—¡Estupendo! —exclamó.

Elinor y Mary se quedaron solas.

La atmósfera se cargó de una tensión extraña. Elinor, con gran esfuerzo, intentó entablar conversación. Tenía los labios resecos y se los humedeció con la lengua.

—¿Le gusta... el trabajo que está haciendo en Londres? —preguntó con voz inexpresiva.

—Sí... Muchas gracias... Le estoy muy agradecida.

De pronto, brotó de la garganta de Elinor un sonido ronco, una risa tan discordante, tan fuera de lugar, que Mary la miró sorprendida.

—¡No tiene por qué estar agradecida! —dijo Elinor una vez que recobró la compostura.

Mary, algo cohibida, tartamudeó:

—Yo quería decir... que... —Se interrumpió.

Elinor la miraba escrutándola de un modo tan extraño que Mary retrocedió un poco asustada.

—¿Le ocurre algo, señorita? —preguntó temblando.

Elinor recuperó la expresión habitual.

—¿Qué me va a ocurrir? —preguntó a su vez, separándose un poco.

—Pues... parecía... —murmuró Mary.

—¿La miraba fijamente, como ensimismada? —dijo Elinor con una leve sonrisa—. Siento que se haya asustado. Me ocurre muy a menudo... Siempre que pienso en otra cosa...

La enfermera Hopkins apareció en el umbral.

—¡Ya he puesto el agua a hervir! —anunció, y volvió a desaparecer.

Elinor tuvo un acceso de hilaridad.

—«¡Margarita puso el agua a hervir! ¡Margarita puso el agua a hervir! ¡Al fin tendremos té!» ¿Se acuerda de que jugábamos a eso cuando éramos niñas, Mary?

—Sí, claro que sí...

—Cuando éramos niñas... —repitió Elinor—. ¿Verdad que es una lástima que no podamos volver al pasado?

—¿Le gustaría a usted volver al pasado? —preguntó Mary.

—Sí..., sí —dijo Elinor con convicción.

De nuevo se hizo un silencio entre ellas.

—Señorita Elinor, no quiero que piense usted...—dijo Mary ruborizada.

Se detuvo al ver la expresión de Elinor. Su esbelta figura se puso rígida y la mandíbula se proyectó hacia delante.

—¿Qué es lo que no quiere que piense? —preguntó con voz fría.

UN TRISTE CIPRÉS

—He olvidado... lo... que iba a decir —murmuró Mary.

El cuerpo de Elinor perdió la rigidez. Lanzó un suspiro, como si hubiese escapado de un peligro horrible.

La enfermera Hopkins entró con una bandeja de madera. Sobre ella descansaban la tetera, la botella de leche y tres tazas.

—¡Aquí está el té! —exclamó, ajena a la tensión que se respiraba en el ambiente.

Puso el servicio ante Elinor. La joven movió la cabeza.

—No quiero té.

Empujó la bandeja hacia Mary, que llenó dos tazas. La enfermera Hopkins suspiró, satisfecha.

—Lo he hecho bien cargadito. ¡Está estupendo!

Elinor se levantó y se aproximó a la ventana.

—¿Está usted segura de que no quiere té, señorita Elinor? Le sentaría bien —insistió la enfermera.

—No, gracias —murmuró Elinor.

La enfermera vació su taza. La colocó de nuevo en el plato y murmuró:

—Voy a llevar la tetera y ponerla al fuego por si necesitamos tomar otra tacita; así se conservará bien caliente.

Cuando hubo desaparecido, Elinor giró con brusquedad sobre los talones.

—Mary... —dijo con una voz en la que se advertía una súplica desesperada.

—¿Qué quiere usted? —se apresuró a preguntar la otra.

La luz del rostro de Elinor se desvaneció lentamente. Cerró los labios. La desesperada súplica murió, y dejó en su lugar una máscara fría e inmóvil.

—Nada.

Un denso silencio cayó sobre la habitación.

«¡Qué extraño es todo hoy! ¡Parece que estemos esperando... algo!», pensó Mary.

AGATHA CHRISTIE

Elinor se movió al fin.

Se separó de la ventana, recogió el servicio del té y colocó en él el plato en que había traído los bocadillos.

Mary se apresuró a ponerse en pie.

—¡Oh, señorita Elinor, déjeme a mí!

—No. Quédese donde está. Yo lo haré —repuso Elinor con voz cortante.

Salió con la bandeja de la habitación. Miró hacia atrás antes de cruzar la puerta y vio a Mary Gerrard junto a la ventana, llena de vida, joven y bella.

IV

La enfermera Hopkins se encontraba en la trascocina limpiándose la cara con un pañuelo. Levantó la mirada con presteza cuando Elinor entró.

—¡Qué calor que hace aquí!

—Sí. Está orientada al sur —respondió Elinor mecánicamente—. Por eso es tan calurosa.

La enfermera le quitó la bandeja de las manos.

—Me permitirá que lave yo los platos. Usted no se encuentra en disposición de hacerlo.

—Estoy perfectamente. —Cogió un paño y dijo—: Yo los secaré.

La enfermera Hopkins se subió las mangas y vertió agua caliente en el barreño.

—Se ha arañado —dijo Elinor como ensimismada, mirando la muñeca de la enfermera.

Hopkins lanzó una carcajada.

—Sí. En la rosaleda de la casa del guarda... Me clavé una espina... Ahora me la sacaré.

La rosaleda de la casa del guarda... Los recuerdos co-

110

UN TRISTE CIPRÉS

rrieron en oleadas a la mente de Elinor. Roddy y ella luchaban..., la batalla de las rosas...

Días felices, de alegrías... encantadoras. Una sensación de malestar, como una convulsión, la invadió. ¿Qué le había sucedido? ¿Qué negro abismo de odio, de maldad...? Se tambaleó, pero hizo un esfuerzo y se recuperó.

«Qué loca he estado», pensó.

La enfermera Hopkins la miraba con curiosidad.

«Estaba rarísima... —Así lo describiría la enfermera más tarde—. Hablaba como si no se diese cuenta de lo que decía, y tenía en los ojos un brillo inusitado...»

Cuando hubo secado los platos y las tazas, Elinor cogió un frasco vacío de paté de pescado que había sobre la mesa y lo puso dentro del barreño. Mientras lo hacía, dijo:

—He sacado algunas ropas de mi tía Laura y quisiera que usted me aconsejara a quién le podrían ser útiles en el pueblo. —Y se asombró de la firmeza de su voz.

—¡Oh, sí! —respondió la enfermera con presteza—. Están las señoras Parkinson, Nellie y esa pobre criatura que vive en Ivy Cottage. Será una bendición para ellas.

Las dos mujeres limpiaron rápidamente todos los utensilios. Luego subieron al primer piso.

En la habitación de la señora Welman había unos montones de ropa doblada con pulcritud. Ropa interior, vestidos, prendas elegantes, trajes de noche de terciopelo, un abrigo de pieles. Elinor dijo que pensaba regalar este último a la señora Bishop. La enfermera Hopkins asintió con la cabeza, pero se dio cuenta de que las otras pieles de la señora Welman habían vuelto a sus cajones.

«Querrá arreglárselas para ella», se dijo.

111

AGATHA CHRISTIE

Miró la cómoda. Se preguntó si Elinor habría encontrado la fotografía del tal Lewis y lo que habría hecho con ella en caso de que así hubiera sido.

«Es curioso que la carta de la señorita O'Brien se cruzara con la mía. Jamás creí que pudiese suceder algo así. Dar con la foto el mismo día que yo hablé con la señora Slattery...», pensó.

Ayudó a Elinor a separar la ropa y se ofreció a clasificarla, empaquetarla y hacérsela llegar ella misma a las afortunadas.

—Puedo ocuparme de ello mientras Mary va a la casa del guarda y termina allí —propuso—. No tiene que mirar más que una caja de papeles y cartas. A propósito, ¿dónde está? ¿Se ha ido ya?

—La dejé en la sala... —respondió Elinor.

—No es posible que siga allí —murmuró la enfermera Hopkins mirando el reloj—. Pero ¡si hace casi una hora que estamos aquí!

Bajó a toda velocidad la escalera y Elinor la siguió.

Entraron en la sala.

—Pero ¡si se ha quedado dormida! —exclamó la enfermera Hopkins.

Mary Gerrard estaba sentada en una poltrona junto a la ventana. Se la veía un poco hundida en ella. Un sonido extraño llenaba la estancia: una respiración fatigosa y sibilante. La enfermera Hopkins se aproximó a la muchacha y la sacudió.

—Despierta, querida...

Se interrumpió. Se inclinó sobre la muchacha; le bajó un párpado. Luego empezó a sacudirla con auténtico empeño. Se volvió hacia Elinor. Su voz sonaba amenazante cuando preguntó:

—¿Qué significa esto?

UN TRISTE CIPRÉS

—No sé lo que quiere usted decir —respondió Elinor—. ¿Está enferma?

—¿Dónde está el teléfono? —preguntó la enfermera Hopkins—. Avise al doctor Lord cuanto antes.

—¿Qué ocurre? —preguntó Elinor,

—¿Que qué ocurre? Está enferma. Se muere.

Elinor retrocedió un paso.

—¿Se muere?

—La han envenenado —dijo, y, suspicaz, clavó la mirada en Elinor.

Segunda parte

Capítulo primero

Hércules Poirot, con la cabeza en forma de huevo un poco ladeada, las cejas enarcadas con expresión interrogante y las puntas de los dedos unidas, observaba al joven de agradable rostro pecoso que paseaba airadamente de un extremo a otro de la estancia con el ceño fruncido.

—*Eh bien*, amigo, ¿qué es todo esto? —le preguntó.

El doctor Lord se detuvo en seco.

—Monsieur Poirot —dijo—, es usted el único en todo el mundo que puede ayudarme. He oído a Stillingfleet hablar de usted; me contó lo que hizo en el caso de Benedict Farley. Todo el mundo creía que se trataba de un suicidio, pero usted demostró que era un asesinato.

—¿Tiene usted, pues, un caso de suicidio entre sus pacientes, un suicidio que no le convence del todo?

El médico negó con la cabeza y se sentó enfrente de Poirot.

—Hay una joven. ¡La han detenido y la van a procesar por asesinato! ¡Quiero que usted encuentre las pruebas de que ella no lo hizo!

Las cejas de Poirot se enarcaron un poco más. Luego adoptó un aire discreto y confidencial.

—Usted y esa joven... ¿están prometidos? ¿Son novios? ¿Están enamorados?

El doctor Lord soltó una risa áspera y amarga.

—¡No, no se trata de eso! ¡Ella ha tenido el mal gusto de preferir a un asno arrogante y narigudo, con cara como de caballo melancólico! ¡Parece una estupidez, pero así es!

—Comprendo.

—¡Oh, sí, usted lo comprende! —exclamó Lord amargamente—. No es necesario hablar con tacto al respecto. Me enamoré de ella al instante. Y por ese motivo no quiero que la ahorquen. ¿Comprende?

—¿De qué la acusan? —inquirió Poirot.

—De haber asesinado a una chica llamada Mary Gerrard envenenándola con hidrocloruro de morfina. Probablemente habrá leído usted la historia en la prensa.

—¿Y el móvil?

—¡Los celos!

—Y, en su opinión, ¿ella no cometió el crimen?

—No, desde luego que no.

Hércules Poirot lo miró pensativo un instante.

—¿Qué es, concretamente, lo que usted quiere que yo haga? ¿Investigar este caso?

—Quiero que usted la salve.

—Yo no soy ningún abogado defensor, *mon cher*.

—Lo explicaré con más claridad: quiero que encuentre usted las pruebas que permitan a su abogado defenderla con éxito y ponerla en libertad.

—Propone usted eso de un modo algo extraño.

—¿Porque hablo con franqueza, quiere usted decir? Yo lo veo muy claro. Quiero que absuelvan a esa mujer. ¡Creo que usted es el único que puede conseguirlo!

—¿Desea usted que yo examine los hechos? ¿Que averigüe la verdad? ¿Que descubra lo que realmente ocurrió?

—Quiero que encuentre usted todos los hechos que hablen en favor de ella.

Hércules Poirot, con cuidado y precisión, encendió un diminuto cigarrillo.

—Pero ¿no es algo inmoral lo que usted dice? —replicó—. Llegar a la verdad, sí, siempre me interesa. Pero la verdad es un arma de doble filo. ¿Y si encontrase algún hecho en contra de la joven? ¿Me pide usted que lo pase por alto?

Lord se enderezó. Estaba muy pálido.

—¡Eso es imposible! —exclamó—. Nada de lo que usted encuentre podrá perjudicarla más que los hechos ya conocidos. ¡La comprometen! ¡La acusan! ¡Hay numerosas pruebas que apuntan hacia ella! ¡No encontrará nada que la comprometa más de lo que ya lo está! Le pido que emplee todo su ingenio. Stillingfleet dice que usted es muy ingenioso a la hora de encontrar una salida, una coartada, una posible alternativa.

—Seguramente sus abogados harán tal cosa.

—¿Sus abogados? —dijo el joven, que rio con desdén—. ¡Están derrotados antes de empezar! ¡Opinan que es inútil, que no hay ninguna esperanza! Han designado a Bulmer, el abogado de las causas perdidas, lo cual ya es grave, desesperado. Eligiéndolo a él es como si estuvieran confesando su culpabilidad: el abogado sentimental, que lo único que hará será resaltar la juventud de la acusada. Pero el juez no se dejará persuadir... ¡No hay la menor esperanza!

—Suponiendo que ella sea culpable, ¿todavía querría usted que la absolvieran?

—Sí —respondió el médico quedamente.

Poirot se removió en su asiento.

—Usted me interesa... —Se quedó callado unos se-

AGATHA CHRISTIE

gundos y después añadió—: Creo que sería mejor que me explicase la situación, los hechos del caso.

—¿No ha leído usted nada en la prensa?

Poirot agitó una mano.

—Sí, una reseña, una mención breve. Pero los periódicos son tan inexactos que nunca me guío por lo que cuentan.

—Es muy sencillo. Horriblemente sencillo. Esta joven, Elinor Carlisle, acababa de heredar de su tía, que murió sin hacer testamento, una fortuna, y una casa cerca de aquí, Hunterbury. La tía se llamaba Welman y tenía un sobrino político, Roderick Welman, que estaba prometido con Elinor Carlisle, una cosa de hacía tiempo, pues se conocieron de niños. Había una joven en Hunterbury: Mary Gerrard, hija del guarda de la finca. La señora Welman había cogido afecto a la chiquilla, le costeó una educación y todo eso. En consecuencia, la muchacha era una señorita, al menos en apariencia. Parece que Roderick Welman se enamoró de ella. Y el compromiso con Elinor Carlisle se rompió.

»Ahora vamos a los hechos. Elinor Carlisle puso en venta la finca, y un hombre llamado Somervell la compró. Elinor fue a Hunterbury a recoger los efectos personales de su tía. Mary Gerrard, cuyo padre acababa de fallecer, estaba desalojando la casa del guarda en ese momento. Esto nos lleva a la mañana del 27 de julio.

»Elinor Carlisle se hospedaba en la fonda del pueblo. En la calle encontró a la antigua ama de llaves, la señora Bishop, que se ofreció a acompañarla a la casa para ayudarla. Elinor rechazó la oferta con cierta vehemencia. Luego entró en la tienda de comestibles y compró un poco de paté de pescado, y allí hizo una observación referente a las intoxicaciones alimentarias. ¿Comprende

UN TRISTE CIPRÉS

usted? ¡Una cosa completamente inocente! Pero, claro, es un dato que la señala. Fue a Hunterbury, y a eso de la una bajó a la casa del guarda, donde Mary Gerrard estaba recogiendo los efectos de su padre con la enfermera del distrito, una mujer muy chismosa llamada Hopkins, que la ayudaba. Elinor les dijo que tenía unos bocadillos en la casa principal. Subieron las tres allí, comieron esos bocadillos, y cosa de una hora más tarde me llamaron: Mary Gerrard había perdido el conocimiento. Hice cuanto pude, pero fue en vano. La autopsia reveló que la joven había ingerido una fuerte dosis de morfina poco antes de fallecer. La policía encontró un trozo de etiqueta que decía "Hidrocloruro de morfina" precisamente donde Elinor Carlisle había estado preparando los bocadillos.

—¿Qué más comió o bebió Mary Gerrard?

—Ella y la enfermera del distrito tomaron té con los bocadillos. La enfermera lo preparó y Mary lo sirvió. Nada más. Desde luego, tengo entendido que el abogado defensor se extenderá sobre el punto de los bocadillos, resaltando como dato muy importante que las tres comieron y, por consiguiente, resultaba imposible asegurarse de que solo se envenenara una de ellas. Recordará usted que eso fue lo que alegaron en el caso Hearne.

Poirot movió afirmativamente la cabeza.

—Pero, en realidad, es muy sencillo —dijo—. Se preparan los bocadillos. En uno de ellos está el veneno. Usted ofrece el plato. En nuestra sociedad, es costumbre que la persona a quien se ofrece el plato tome el bocadillo más cercano a ella. ¿Supongo que Elinor Carlisle presentó el plato a Mary Gerrard primero?

—Exacto.

—¿Aunque la enfermera, que era una mujer de más edad, se encontraba en la habitación?

AGATHA CHRISTIE

—Sí.

—Eso no es bueno.

—En realidad, no significa nada. No se guarda mucha etiqueta en un refrigerio tan ligero, era una merienda improvisada.

—¿Quién preparó los bocadillos?

—Elinor Carlisle.

—¿Había alguien más en la casa?

—No, nadie.

Poirot movió la cabeza.

—Eso no pinta bien. ¿Y la joven no tomó nada más que el té y los bocadillos?

—Nada más. El contenido del estómago así lo demuestra.

—Imagino que alguien habrá sugerido que Elinor Carlisle esperaba que la muerte de la muchacha se atribuyera a una intoxicación alimentaria... —observó Poirot—. ¿Cómo se proponía explicar ella que solo una de las tres se viese afectada?

—A veces sucede. Además, para hacer los bocadillos se emplearon dos botes de paté de aspecto muy parecido. Se ha expuesto la hipótesis de que uno de los botes estuviera bien y que, por una fatal coincidencia, Mary comiese todo el paté en mal estado.

—Una interesante aplicación de la ley de probabilidades —observó Poirot—. Me parece que desde el punto de vista matemático es muy improbable que ocurra algo así. Pero hay otro asunto: si había de sugerirse una intoxicación por alimentos, ¿por qué no escoger un veneno diferente? Los síntomas de la morfina no son para nada similares a los de una intoxicación producida por alimentos en mal estado. ¡Seguramente la atropina hubiera sido una elección mejor!

UN TRISTE CIPRÉS

—Sí, es verdad —dijo el doctor lentamente—. Pero hay algo más. ¡Esa maldita enfermera jura que perdió un tubo de morfina!

—¿Cuándo?

—¡Oh! Unas semanas antes: la noche en que falleció la señora Welman. Dice que dejó su maletín en el recibidor y que echó de menos un tubo de morfina por la mañana. Todo ello es pura invención. Seguro que se le rompió en casa y se olvidó de ello.

—¿Lo recordó con la muerte de Mary Gerrard?

—En realidad, se lo había mencionado oportunamente a otra enfermera que atendía también a la señora Welman —respondió Lord de mala gana.

Poirot miraba con cierto interés a Peter Lord.

—Creo, *mon cher*, que hay algo más, algo que usted no me ha dicho aún —dijo con suavidad.

—Bien, bueno... Será mejor que se lo cuente todo. Se ha solicitado el permiso para exhumar el cadáver de la señora Welman y lo van a desenterrar.

—*Eh bien?*

—Cuando lo hagan, probablemente encontrarán lo que buscan: ¡morfina!

—¿Usted lo sabía?

—Lo sospechaba —murmuró el doctor Lord. Las pecas le resaltaban en el rostro pálido.

Hércules Poirot dio una palmada en el brazo de su sillón.

—*Mon Dieu!* ¡No lo comprendo! ¿Usted sabía que la habían asesinado?

—¡Cielo santo, no! ¡Jamás se me ocurrió semejante cosa! Pensé que ella misma lo había tomado.

Poirot se hundió en su sillón.

—¡Ah! Usted pensó eso...

123

AGATHA CHRISTIE

—¡Naturalmente! Ella me había hablado al respecto. Me preguntó más de una vez si no podía «terminar con su sufrimiento». Era una mujer que detestaba las enfermedades, verse reducida a la impotencia..., lo que ella llamaba la indignidad de encontrarse tendida, asistida como si fuera una criatura. Y era una mujer muy resuelta.

Se quedó en silencio un momento; luego continuó.

—Su muerte me sorprendió. No la esperaba. Hice salir a la enfermera y la exploré. Por supuesto, era imposible conocer con certeza el motivo del fallecimiento sin practicarle una autopsia. Pero pensé: «¿Para qué?». No conseguiríamos más que provocar un escándalo. Era preferible firmar el certificado de defunción y dejar que la enterraran en paz. Después de todo, yo no estaba muy seguro. Tal vez hice mal... Pero jamás pensé que la hubiesen asesinado. Estaba convencido de que había sido ella misma la que había acelerado su muerte.

—¿Cómo cree que obtuvo la morfina?

—No tengo la menor idea. Aunque, créame, era una mujer astuta e inteligente, con gran ingenio y una determinación notable.

—¿Pudo conseguirla de alguna de las enfermeras?

Lord negó con la cabeza.

—¡Ni pensarlo! ¡Usted no conoce a las enfermeras!

—¿Y de sus familiares?

—Es posible. Tal vez apelara a sus buenos sentimientos.

—Me ha dicho usted que murió sin hacer testamento. ¿Habría hecho testamento si hubiese vivido?

El doctor Lord esbozó una mueca de disgusto.

—Quiere usted apretar todos los resortes, ¿eh? Sí. Estaba dispuesta a dictar testamento, parecía desearlo con cierto apremio. No podía hablar, pero se hizo entender.

UN TRISTE CIPRÉS

Elinor Carlisle iba a telefonear al abogado a la mañana siguiente.

—Así que Elinor sabía perfectamente que su tía quería hacer testamento, ¿eh? Y, al morir sin hacerlo, toda su fortuna iría a parar a sus manos. ¿No es así?

—Ella no lo sabía —se apresuró a decir el médico—. No tenía la menor idea de que su tía no hubiese hecho testamento.

—Eso, *mon ami*, eso es lo que ella dice. Es probable que lo supiese.

—Pero, Poirot..., ¿es usted fiscal?

—En este momento, sí. Debo saber todo lo que hay en su contra. ¿Pudo Elinor coger la morfina del maletín de la enfermera?

—Sí. Pero también pudo hacerlo otro cualquiera. Roderick Welman... La enfermera O'Brien... Uno de los criados...

—¡O el doctor Lord!

Lord abrió los ojos, asombrado.

—Claro, también lo podría haber hecho yo..., pero ¿con qué finalidad?

—Tal vez por compasión...

Lord negó con la cabeza.

—No... Nada de eso... Debe usted creerme.

Hércules Poirot se arrellanó en su asiento.

—Formularemos una hipótesis. Supongamos que Elinor cogió la morfina del maletín de la enfermera Hopkins y se la administró a su tía. ¿Se conocía en Hunterbury el asunto de la morfina perdida?

—En absoluto. Las enfermeras lo mantuvieron en secreto.

—¿Qué cree usted que hará el tribunal?

—¿Quiere usted decir si encontraran morfina en el cuerpo de la señora Welman?

125

—Eso es.

—Es posible que, si a Elinor la declaran inocente de este crimen, la acusen del asesinato de su tía —dijo Lord con el ceño fruncido.

—Los motivos son muy diferentes —dijo Poirot, pensativo—; es decir, en el caso de madame Welman, el móvil era el lucro... Mientras que en el de Mary Gerrard se supone que han sido los celos.

—Cierto.

—¿Cómo planteará el caso la defensa?

—Bulmer se propone fundamentar su tesis en que no pudo existir motivo alguno. Expondrá la teoría de que el compromiso entre Roderick y Elinor se debía a instigaciones de la difunta. No existía amor alguno entre ellos, y si aceptaron la idea de la boda fue para complacer a la señora Welman; cuando esta murió, Elinor rompió el compromiso. Así lo afirma Roderick Welman. Creo que casi está convencido de que es la verdad.

—¿No cree que Elinor lo haya amado?

—No, no lo creo.

—En ese caso —afirmó Poirot—, ella no tenía motivo alguno para envenenar a Mary Gerrard.

—Cierto.

—Entonces, ¿quién la asesinó?

—¿Quién sabe?

Hércules Poirot negó con la cabeza.

—*C'est difficile*.

—Dígame, Poirot... Si no fue ella, ¿quién lo hizo? —preguntó Lord con vehemencia—. Tenemos el té, pero tanto la enfermera Hopkins como Mary bebieron de él. La defensa sugerirá que Mary Gerrard ingirió la morfina cuando se quedó sola en la habitación... Es decir, que se suicidó.

UN TRISTE CIPRÉS

—¿Tenía algún motivo para suicidarse?

—Que yo sepa, no.

—¿Tenía predisposición al suicidio?

—No.

—¡Descríbame a esta Mary Gerrard!

Lord reflexionó un instante.

—Era... una chica encantadora... Sí, encantadora.

Poirot suspiró.

—¿Se enamoró Roderick de ella porque era una chica encantadora? —murmuró.

Lord sonrió.

—Ah, ya sé lo que quiere decir... Sí, era hermosa de verdad.

—¿Y usted?... ¿No experimentaba usted también atracción por su belleza?

Lord se lo quedó mirando, asombrado.

—¿Yo?... ¡No, por Dios!

Poirot reflexionó unos segundos.

—Roderick Welman afirma que no le unía a Elinor más que una buena amistad. ¿Está de acuerdo?

—¿Cómo diablos quiere usted que lo sepa?

Poirot movió la cabeza.

—Cuando ha entrado aquí, me ha dicho que Elinor Carlisle había tenido el mal gusto de estar enamorada de un asno narigudo y arrogante. Asumo que esa es la descripción de Roderick Welman. Así pues, según usted, ella lo quiere.

—¿Y qué?... —exclamó Lord con cierta desesperación—. ¡Sí, lo quería!... ¡Aún lo quiere!

—Entonces, había un motivo... —dijo Poirot pausadamente.

Peter Lord se aproximó al detective con el rostro congestionado por la ira.

127

AGATHA CHRISTIE

—Bueno, ¿y qué...? Es posible que lo hiciera ella... Pero no me importa en absoluto.

—¡Ajá!

—Sin embargo, no quiero que la cuelguen. Suponiendo que la desesperación la empujara a cometer ese crimen... El amor puede hacer de un canalla un hombre honrado... y llevar a un hombre bondadoso y de comportamiento intachable al patíbulo... Supongamos que fuese ella. ¿No va usted a compadecerse de una pobre mujer?

—Yo no apruebo el asesinato —declaró Poirot.

Lord lo observó con atención antes de desviar la mirada; luego lo miró otra vez, y, finalmente, prorrumpió en una carcajada.

—¡En mi vida he visto a nadie tan presuntuoso! ¿Quién le pide a usted que lo apruebe? ¡No pretendo que mienta! La verdad es siempre la verdad, ¿no cree? Si usted consigue encontrar un indicio favorable para un acusado, ¿lo suprimirá porque lo considere culpable?

—Claro que no.

—Entonces, ¿por qué no puede hacer lo que le pido?

—*Mon ami*, estoy dispuesto a hacerlo... —afirmó Hércules Poirot con una sonrisa.

Capítulo 2

El doctor Lord lo miró fijamente, sacó un pañuelo, con el que se enjugó el rostro, y se hundió en una butaca.

—¡Dios mío! —exclamó—. ¡Ha terminado usted con mis nervios! ¡No podía imaginar cuáles eran sus propósitos!

—Quería examinar todo lo que hay en contra de mademoiselle Carlisle —dijo Poirot—. Ahora ya lo sé. A Mary Gerrard le administraron cierta dosis de morfina y, según todos los indicios, el medio del que se valieron para dársela fueron los bocadillos. Ahora bien: nadie los tocó, a excepción de Elinor Carlisle, que tenía un motivo para asesinar a Mary Gerrard, y, según su opinión, es muy capaz de haberla matado. Probablemente ha sido la autora del asesinato. No encuentro razón alguna para creer lo contrario. —Hizo una pausa y prosiguió—: Este es, *mon ami*, uno de los aspectos de la cuestión. Veamos el otro. Prescindiremos de todas las consideraciones que intente forjarse nuestro cerebro y nos centraremos en el caso desde el ángulo opuesto: si Elinor Carlisle no mató a Mary Gerrard, ¿quién lo hizo? ¿O acaso la joven se suicidó?

Lord se levantó con el ceño fruncido.

—¡No se está ajustando a la realidad de los hechos! —dijo con voz temblorosa.

—¿Que no me estoy ajustando? —Poirot parecía ofendido.

—Ha dicho que nadie tocó los bocadillos a excepción de Elinor Carlisle —prosiguió Lord—. Pues bien: eso es algo que no puede saber.

—No había nadie más en la casa.

—Que nosotros sepamos, no. Pero usted excluye cierto lapso de tiempo: el transcurrido desde que Elinor abandonó la casa principal para ir a la del guarda y su regreso. En ese tiempo, los bocadillos estuvieron en un plato en la trascocina y alguien pudo haberlos manipulado.

Poirot suspiró profundamente.

—Tiene usted razón, *mon ami* —dijo—. Lo reconozco. Hubo un lapso en que cualquiera pudo tener acceso al plato de los bocadillos. Ahora vamos a intentar formarnos una idea sobre quién pudo ser... Es decir, qué clase de persona... —Hizo una pausa—. Consideremos en primer lugar a Mary Gerrard. ¿Alguien que no fuera Elinor Carlisle deseaba su muerte? ¿Por qué? ¿A quién beneficiaría tal cosa? ¿Tenía dinero?

El doctor negó con la cabeza.

—En el momento de su muerte, no. Dentro de dos meses habría recibido dos mil libras. Elinor Carlisle pensaba dejarle esa suma porque creía que así cumplía los deseos de su tía. Pero la herencia aún está yacente.

—Dejemos entonces de lado el motivo del dinero. Mary Gerrard era hermosa, según dice usted mismo. La belleza trae complicaciones. ¿Tenía admiradores?

—Probablemente, pero no puedo asegurarlo.

—¿Quién podría saberlo?

Peter Lord hizo una mueca.

—Tal vez la enfermera Hopkins. Es la cotilla del pueblo. Sabe todo lo que sucede en Maidensford.

UN TRISTE CIPRÉS

—¿Querría decirme su opinión sobre las dos enfermeras?

—Por supuesto. La enfermera O'Brien es irlandesa, excelente mujer, competente en su oficio, algo simplona y un tanto embustera, con una imaginación demasiado desarrollada que la hace forjarse una historia de un hecho intrascendente.

Poirot asintió.

—La enfermera Hopkins es una mujer de mediana edad, sensata, sagaz, bondadosa y competente. Pero demasiado interesada por los asuntos ajenos.

—Si hubiera tenido disgustos con algún joven del pueblo, ¿lo sabría la enfermera Hopkins?

—Apostaría a que sí. Sin embargo, no creo que consigamos nada por ese lado. Mary pasaba largas temporadas fuera. Acababa de volver de Alemania, donde había vivido dos años.

—Tenía veintiún años, ¿verdad?

—Sí.

—Tal vez alguna complicación en Alemania.

A Peter Lord se le iluminó el rostro.

—¿Quiere usted decir que pudo asesinarla algún joven alemán?... Tal vez la siguió hasta aquí, esperó la ocasión y, finalmente, se salió con la suya.

—Suena algo melodramático —dijo Poirot con aire de duda.

—Pero es posible.

—Aunque poco probable.

—No estoy de acuerdo con usted —dijo el doctor Lord—. Alguien pudo declararse a la muchacha y enfurecerse al verse despreciado. Es una idea.

—Es una idea, en efecto —convino Poirot de mala gana.

131

—Continúe, monsieur Poirot —suplicó el doctor Lord.

—Veo que usted quiere que yo sea el mago que vaya sacando del sombrero vacío conejo tras conejo.

—Es una forma de decirlo.

—Hay otra posibilidad —dijo el detective.

—¿Cuál?

—Alguien extrajo un tubo de morfina del maletín de la enfermera Hopkins aquella tarde de junio. Supongamos que Mary Gerrard vio a la persona que lo cogió.

—Lo habría dicho.

—No, no, *mon cher*. Sea razonable. Si Elinor Carlisle, Roderick Welman, la enfermera O'Brien o cualquiera de los criados hubiese abierto aquel maletín para extraer un tubito de vidrio, ¿qué habría pensado el que lo hubiese visto? Pues, sencillamente, que la enfermera habría enviado a esa persona a recoger algo de allí. Tal vez Mary lo olvidase, pero es probable que más tarde lo recordara y por casualidad hiciese mención del hecho a la persona en cuestión..., aunque sin sospechar nada anormal. Sin embargo, el culpable del asesinato de madame Welman tal vez imaginara cómo eso podría complicarle la vida. ¡Mary lo había visto! ¡Había que obligarla a guardar silencio a cualquier precio! Le aseguro a usted, amigo mío, que la persona que ha cometido un crimen no tiene escrúpulos que le impidan cometer otro...

El doctor Lord frunció el entrecejo.

—Siempre he creído que la señora Welman tomó la morfina por propia voluntad... No estaba dispuesta a sufrir.

—Pero era una paralítica incapaz de moverse... Acababa de sufrir un segundo ataque.

UN TRISTE CIPRÉS

—Sí, lo sé. Mi idea es que, después de haber conseguido la morfina por el medio que fuera, la guardó en algún recipiente al alcance de su mano.

—En ese caso tuvo que haberse hecho con ella antes del segundo ataque. Sin embargo, la enfermera echó de menos la morfina bastante después.

—Hopkins pudo no percatarse de que le faltaba la morfina hasta aquella mañana, aunque la anciana la hubiera conseguido dos días antes.

—¿Y cómo se hizo la enferma con la morfina?

—¡Yo qué sé!... Tal vez sobornó a una doncella. Si fue así, la muchacha no lo confesará jamás.

—¿Cree usted que es posible sobornar a alguna de las enfermeras?

Lord negó con la cabeza.

—¡Ni por asomo! En primer lugar, ambas son muy escrupulosas con su ética profesional... Además, les daría pánico perpetrar un hecho semejante. Ellas conocen bien el peligro al que se exponen.

Poirot asintió, antes de añadir, pensativo:

—Es verdad. Tenemos que volver a nuestro punto de partida. ¿Qué persona es más probable que cogiera el tubo de morfina? Elinor Carlisle. Podemos decir que quiso asegurarse la herencia. También podemos sentirnos generosos y admitir que la movió la compasión. Cogió la morfina y se la administró a su tía por expreso deseo de esta. El caso es que la sustrajo... y que Mary Gerrard la vio. Y ahora volvamos a los bocadillos y a la casa vacía... Nos encontramos una vez más con Elinor Carlisle, pero ahora con un motivo diferente: salvar el cuello.

—¡Eso no es más que una fantasía! —exclamó el doctor Lord—. Le repito que no es capaz de eso. El dinero

133

no significa nada para ella... ni para Roderick. No tendría inconveniente en jurarlo así. Más de una vez los he oído hablar a los dos sobre ese particular.

—¿De verdad? Eso es muy interesante. Esas son las afirmaciones que yo considero más sospechosas.

—¡Que Dios lo condene, Poirot! —dijo Lord—. ¿Cómo se las arregla para retorcer las cosas de forma que siempre vayamos a parar a ella?

—No soy yo quien las retuerce. Son los hechos. Son como esas agujas que hay en las ferias, que dan vueltas y, cuando se detienen, apuntan siempre al mismo nombre. Y ahora el nombre es el de Elinor Carlisle.

—¡No!

Poirot movió la cabeza tristemente.

—¿Tiene parientes Elinor Carlisle? ¿Hermanos, primos, padres?

—No. Es huérfana. Está sola en el mundo.

—¡Qué pena! Bulmer esgrimirá sabiamente el efecto de esta desgracia... ¿Quién heredará su dinero en caso de que muera?

—No lo sé, no lo había pensado.

—Siempre hay que pensar en estas cosas. ¿Ha hecho testamento mademoiselle Carlisle, por ejemplo? —dijo Poirot reprobadoramente.

Peter Lord enrojeció.

—No... no lo sé —dijo vacilante.

Hércules Poirot miró al techo de la habitación y juntó las puntas de los dedos.

—Sería preferible que me lo dijera.

—¿Que le dijera el qué?

—Lo que piensa exactamente..., aunque redunde en perjuicio de Elinor Carlisle.

—¿Cómo lo sabe usted?

—Sí... Sé que hay algo que bulle en su cabeza. Es mejor que me lo diga... Si no, creeré que existe algo mucho peor que todo lo que me ha estado contando hasta ahora.

—No es nada, en realidad...

—De acuerdo, no es nada. Pero cuéntemelo.

Lentamente, de mala gana, Lord se dejó sacar toda la historia... La escena en que Elinor, apoyada en la ventana de la casa de la enfermera Hopkins, lanzó la carcajada.

Poirot repitió, pensativo:

—Ella dijo: «¿De manera que está haciendo testamento, Mary? Es cómico. Muy cómico...». Y usted leyó en su mente como en un libro abierto... Ella pensaba, tal vez, que Mary Gerrard no viviría mucho tiempo...

—Eso me imaginé yo —dijo Lord—. No sé.

—Usted hizo algo más que imaginárselo —dijo Poirot.

Capítulo 3

Hércules Poirot tomó asiento en la salita de la casa de la enfermera Hopkins.

El doctor Lord lo había acompañado hasta allí. Después de hacer las presentaciones, salió tras una indicación del detective y dejó solos a los dos interlocutores.

Tras escrutar detenidamente la extraña figura del detective, la enfermera empezó a decir:

—Sí. Ha sido una cosa terrible. Lo más terrible que me ha pasado en la vida. Mary era una de las criaturas más preciosas que han existido en este mundo. ¡Tal vez hubiese llegado a ser estrella de cine si se lo hubiese propuesto! Y, además de eso, era una muchacha formal y poco orgullosa, a pesar de la suerte que había tenido en la vida.

—¿Se refiere usted a la protección que le dispensaba madame Welman? —intervino Poirot, lanzándose a fondo.

—Sí. La anciana se había encaprichado con la pobre niña. Llegó a tomarle un cariño tremendo.

—¿Le resultaba sorprendente ese cariño?

—Eso depende... En realidad, era natural... Quiero decir... —La enfermera se mordió los labios. Parecía confundida—. Quería decir que Mary supo atraerse ese sentimiento... Poseía una voz dulce y unos modales agrada-

136

bles... Y, según mi opinión, en cierto modo, a las ancianas les gusta la presencia de rostros jóvenes.

—¿Venía mademoiselle Carlisle con alguna frecuencia a ver a su tía? —dijo Poirot.

—¡La señorita Carlisle venía cuando le parecía bien! —respondió la enfermera con sequedad.

—No le resulta simpática mademoiselle Carlisle, ¿verdad? —murmuró Poirot.

—¿Cómo quiere que me resulte simpática una asesina?...

—Veo que está usted convencida —la interrumpió Poirot.

La enfermera lo miró con suspicacia.

—¿Qué quiere usted?... ¿Que oculte lo que pienso?

—¿Está usted segura de que fue ella la que administró la morfina a Mary Gerrard?

—¡Dígame usted quién pudo ser, si no! ¿Se atreve a insinuar que fui yo?

—Ni imaginarlo, mademoiselle... Pero todavía no se ha probado que sea culpable. No se olvide de tal cosa. Así pues, evite formular juicios.

—Fue ella —respondió la enfermera con vehemencia—. Aparte de otras muchas cosas, lo pude leer en su cara. Tenía una expresión extraña aquel día. Me hizo subir al primer piso y me tuvo allí un buen rato. Cuando regresamos y encontramos muerta a Mary..., su rostro la delató. Supe que se dio cuenta de que yo lo sabía.

—Es difícil, en efecto, creer que cualquier otra persona pueda haberlo hecho —replicó Poirot—. A menos que la misma Mary...

—¿Quiere usted decir que podría haberse matado ella misma? ¿De verdad piensa que Mary se suicidó? ¡Jamás he oído una tontería tan grande!

—¡Quién sabe! —replicó Poirot, sentencioso—. ¡El corazón de las jóvenes es tan sensible, tan tierno!... —Hizo una pausa y añadió—: ¿Cree usted que no es posible? Tal vez echó la droga en el té sin que ustedes se diesen cuenta.

—¿Quiere usted decir en su propia taza?

—Sí. Usted no estaría observándola todo el tiempo.

—Desde luego que no. Reconozco que pudo hacerlo. Pero no tiene sentido. ¿Por qué haría una cosa así?

Hércules Poirot movió la cabeza, como dudando.

—El corazón de las jóvenes es tan sensible... —dijo—. Mal de amores, tal vez...

—Las jóvenes no se matan por un mal de amores, salvo que estén embarazadas..., y Mary no lo estaba —gruñó la enfermera.

—¿No estaba enamorada? —preguntó.

—Nada de eso. Era libre como un pajarillo. Le gustaba su trabajo y vivía su vida.

—Pero debía de tener admiradores al ser una joven tan atractiva.

—No era de esas chicas que tontean con todo el mundo —afirmó la enfermera—. No. Era muy calladita y muy formal.

—Pero, sin duda, debía de tener muchos pretendientes entre los jóvenes del lugar...

—Sí. Ted Bigland, por ejemplo...

Poirot consiguió varios datos sobre Ted Bigland.

—Estaba coladísimo por Mary —dijo la enfermera—. Pero, como ya le dije a ella, no era un buen partido.

—Cuando Mary lo despreció, se enfadaría.

—Sí, en efecto; le sentó bastante mal. Y me echó a mí la culpa.

—¡Ah!... ¿Adivinó que todo se había debido a su intervención?

UN TRISTE CIPRÉS

—Comprenderá usted que yo estaba en mi perfecto derecho de aconsejar así a la chica. Tengo bastante experiencia, y no quería que se decidiera por nada de lo que luego pudiera arrepentirse.

—¿Qué le hacía interesarse tanto por la joven? —preguntó Poirot cortésmente.

—Pues... no sé... —titubeó. Parecía intimidada y avergonzada—. Tal vez un sentimiento romántico...

—Tal vez ella invitara al romanticismo, pero no las circunstancias que la rodeaban —reflexionó Poirot. De repente, preguntó—: Era la hija del guarda, ¿no?

—Sí, sí, desde luego. Al menos... —La enfermera miró titubeando a Hércules Poirot, que la observaba con aire simpático. Entonces, en tono confidencial, le dijo—: Mire... La chica no era hija del viejo Gerrard. Él mismo me lo dijo. Su verdadero padre era un caballero de la alta sociedad.

—¡Ah! ¿Y su madre? —murmuró Poirot.

La enfermera volvió a titubear, se mordió los labios y dijo:

—Su madre había sido doncella de la anciana señora Welman. Se casó con Gerrard después de que Mary naciera.

—Es una novela, una novela de misterio.

A la enfermera se le iluminó el rostro.

—¿Verdad que sí? No se puede evitar sentir cierta atracción por las personas de las cuales se sabe algo que los demás ignoran. Por casualidad, llegué a averiguar muchas cosas. En realidad, fue la enfermera O'Brien la que me puso sobre la pista; pero eso es otra historia. Es interesante conocer el pasado. Hay muchas tragedias que nadie sería capaz de adivinar. ¡Qué mundo tan triste!

Poirot suspiró y movió la cabeza.

—¡No debería haberle contado todo esto! —exclamó la enfermera, súbitamente alarmada—. Por nada del mundo me habrían sacado una palabra. Al fin y al cabo, nada tiene que ver con el caso... En lo que concierne al mundo, Mary era hija de Gerrard y nadie debe saber lo contrario. ¡Sería horrible humillar su memoria ahora que ha muerto! Además, se casó con la madre de Mary. No importa el porqué.

—Pero usted sabe quién era su padre, ¿verdad?

—Tal vez sí, aunque puede ser que no —respondió la enfermera a regañadientes—. Es decir, alguna sospecha tengo, pero no es nada seguro. Los pecados antiguos están cubiertos por espesos velos. Además, yo no soy de esas a las que les gusta hablar, y no me sacará una palabra más.

Poirot, con gran tacto, abandonó el ataque y cambió de asunto.

—Hay algo más. Una cosa muy delicada. Pero estoy seguro de poder contar con su discreción.

La enfermera rebosaba de satisfacción. Una sonrisa amplia apareció en su rostro poco agraciado.

—Me refiero a monsieur Roderick Welman. Sentía cierta atracción hacia Mary Gerrard, ¿no?

—¡Bebía los vientos por ella! —corroboró la enfermera.

—Aunque en aquel tiempo estaba prometido a mademoiselle Elinor Carlisle, ¿no?

—Si he de decirle la verdad, él no estaba lo que se dice loco por la señorita Carlisle. Era más bien frío con ella.

—¿Animó... o, mejor dicho, alentó Mary las pretensiones de Roderick?

—Se comportó siempre con honestidad —afirmó la

UN TRISTE CIPRÉS

mujer con voz cortante—. Nadie puede decir que fomentase la pasión del señor Welman.

—¿Estaba enamorada de él?

—No. No lo estaba.

—¿Y le gustaba?

—¡Oh!, sí... A la pobre le gustaba mucho el señor Roderick.

—Supongo que, con el tiempo, ese sentimiento de ella se habría transformado en algo más...

—Sí. Tal vez —interrumpió la enfermera Hopkins, captando la idea—. Pero Mary no era de las que obraban apresuradamente en nada. Le dijo que no volvería a permitirle que hablase con ella de ese asunto mientras estuviese prometido con la señorita Elinor. Y cuando él fue a verla a Londres volvió a repetirle lo mismo.

—¿Qué opinión tiene usted de monsieur Roderick Welman? —preguntó Poirot con aire ingenuo.

—Es un joven bastante simpático, pero nervioso. Con el tiempo, será dispéptico. Casi todos los adultos de su temperamento lo son.

—¿Quería mucho a su tía?

—Así lo creo.

—¿Permaneció mucho tiempo a su lado cuando estuvo enferma?

—¿Quiere usted decir cuando sufrió el segundo ataque? La noche en que murió, cuando ellos vinieron, ¿verdad? No creo que entrase en su habitación.

—¿De veras?

—Ella no preguntó por él —dijo la enfermera—. Y, desde luego, no sospechábamos que el fin estuviese tan próximo. Muchos hombres son así; huyen de las habitaciones donde hay enfermos. No pueden remediarlo. No

141

es que sean insensibles. Simplemente, les afecta y se ponen nerviosos.

Poirot movió la cabeza en señal de que comprendía sus palabras.

—¿Está segura de que monsieur Welman no entró en el cuarto de su tía antes de que ella muriese? —preguntó.

—¡No mientras yo estuve de servicio! La enfermera O'Brien me relevó a las tres de la madrugada, y es posible que ella lo llamase antes del fin; pero, si lo hizo, no me lo contó.

—Tal vez entró en la habitación cuando usted estaba ausente...

—No abandono a mis pacientes ni un instante, señor Poirot —respondió la enfermera con aspereza.

—Perdóneme. No quería decir tal cosa. Se me ocurrió que quizá usted tuviera que hervir agua o bajar la escalera para buscar algún estimulante.

—En efecto, bajé a cambiar las botellas y llenarlas de nuevo —confesó la enfermera, más calmada—. Yo sabía que había un caldero con agua hirviendo en la cocina.

—¿Estuvo ausente mucho tiempo?

—Unos cinco minutos.

—¡Ah! Entonces, ¿monsieur Welman pudo entrar en el cuarto en ese momento?

—Si lo hizo, debió de ser cosa de un segundo.

Poirot suspiró.

—Como usted ha dicho, los hombres huyen de los enfermos. Las mujeres son ángeles que nos cuidan. ¿Qué haríamos sin ellas? Especialmente, las mujeres de su noble profesión.

—Es usted muy amable al decir eso —dijo la enfermera, enrojeciendo un poco—. Nunca lo había visto de

UN TRISTE CIPRÉS

esa manera. El trabajo de enfermera es muy pesado y no queda tiempo para pensar en la nobleza que entraña.

—¿Y no puede decirme nada más de Mary Gerrard? Hubo una pausa antes de que la enfermera contestase.

—No sé nada más.

—¿Está completamente segura?

—Usted no comprende. Yo apreciaba mucho a Mary —dijo la enfermera con cierta incoherencia.

—¿Y no puede usted decirme nada más?

—¡No, nada más! Absolutamente nada más.

Capítulo 4

Hércules Poirot estaba sentado humildemente, como un ser insignificante, ante la severa majestuosidad de la señora Bishop, vestida de negro.

No era cosa fácil abordar a una dama de opiniones y hábitos conservadores como ella, que sentía gran antipatía por los extranjeros. E indudablemente Hércules Poirot era uno de ellos. Las respuestas de la señora eran glaciales y lo miraba con recelo y desagrado.

La intermediación del doctor Lord no había suavizado gran cosa la situación.

—Estoy segura —dijo la señora Bishop cuando Peter Lord se hubo marchado— de que el doctor Lord es un médico inteligente y tiene buenas intenciones. Pero el doctor Ransome, su predecesor, ¡había ejercido aquí muchos años!

Es decir, que el doctor Ransome se había comportado de manera impecable durante todo ese tiempo y, en cambio, el doctor Lord era simplemente un joven irresponsable, un advenedizo que había ocupado el puesto del doctor Ransome y que había obtenido el trabajo tan solo porque era «habilidoso». «¡Ser habilidoso —parecía decir el porte de la señora Bishop— no es suficiente para ser un buen médico!»

Hércules Poirot estuvo persuasivo, hábil y discreto. Pero la señora Bishop seguía altiva e implacable.

UN TRISTE CIPRÉS

La muerte de la señora Welman había conmovido a mucha gente. Era una persona muy respetada. Que hubieran detenido a la señorita Carlisle constituía una «vergüenza» y era, sin duda, el resultado de «estos nuevos métodos policiacos». Las opiniones de la señora Bishop sobre la muerte de Mary Gerrard eran sumamente vagas. «No lo sé», «no podría decirlo», fue todo lo más que pudo arrancarle.

Poirot jugó su última carta. Contó con orgullo que hacía poco había visitado Sandringham y habló con admiración de la encantadora sencillez y amabilidad de la realeza.

La señora Bishop, que seguía a diario en la gacetilla de la corte todos los movimientos de la realeza, quedó abrumada. Si ellos habían mandado buscar al señor Poirot..., naturalmente, eso lo cambiaba todo, eso era diferente. Extranjero o no extranjero, ¿quién era ella, Emma Bishop, para rechazar a una persona que la realeza había admitido?

Al poco tiempo, Poirot y ella conversaban animada y agradablemente sobre un tema en verdad interesante: nada menos que el de la elección de un esposo apropiado para la princesa Isabel.

Tras haber agotado todos los candidatos posibles, considerándolos «indignos de ella», la conversación recayó sobre temas menos elevados.

—El matrimonio, ¡ay!, está lleno de peligros y trampas —observó Poirot sentenciosamente.

La señora Bishop asintió.

—Sí, en efecto, con estos divorcios... —dijo como si hablase de una enfermedad contagiosa como la varicela.

—Supongo que madame Welman, antes de morir, sentiría cierta preocupación por ver a su sobrina bien acomodada para el resto de su vida —apuntó Poirot.

145

La señora Bishop inclinó la cabeza en señal de afirmación.

—Sí, es verdad. Las relaciones entre la señorita Elinor y el señor Roderick fueron un gran alivio para ella. Era una cosa que la señora Welman siempre deseó.

—¿Tal vez la idea de la boda nació en parte por el deseo de complacerla? —aventuró Poirot.

—¡Oh, no! ¡Yo no diría eso, señor Poirot! La señorita Elinor siempre ha querido al señor Roderick: siempre, desde niña. La señorita Elinor tiene un carácter leal y afectuoso.

—¿Y él? —murmuró Poirot.

—El señor Roderick apreciaba a la señorita Elinor —contestó austeramente la señora Bishop.

—Sin embargo, el compromiso matrimonial se rompió.

El rostro de la señora Bishop enrojeció.

—Debido, señor Poirot, a las maquinaciones de una serpiente.

—¿De veras?

—En este país, señor Poirot, se observa cierta decencia al mencionar a los muertos —explicó la señora Bishop enrojeciendo aún más—. Pero a esa joven, señor Poirot, le gustaba demasiado intrigar.

Poirot la miró pensativo un momento. Luego, con aparente ingenuidad, declaró:

—Me sorprende usted. Me han transmitido la impresión de que mademoiselle Gerrard era una joven muy sencilla y sin pretensiones.

La barbilla de la señora Bishop tembló ligeramente.

—Era muy astuta, señor Poirot. Y engañaba a la gente. ¡Por ejemplo, a esa tal enfermera Hopkins! ¡Y a la pobre de mi difunta señora también!

UN TRISTE CIPRÉS

Poirot movió la cabeza e hizo un ruido con la lengua.

—Sí —continuó la señora Bishop, estimulada por ese chasquido alentador—. Iba decayendo la pobrecita, y esa joven consiguió, con sus intrigas, ganarse su confianza. Ella sabía lo que le convenía. Estaba siempre pegada a su lado, le leía y le llevaba ramos de flores. Todo era Mary aquí y Mary allí. «¿Dónde está Mary?» ¡Cuánto dinero gastó en ella! La mandó a los colegios más caros del país... ¡Y no era más que la hija del viejo Gerrard, el guarda! ¡A él no le gustaba todo eso! ¡Puedo asegurárselo! Solía quejarse de las maneras demasiado señoriales de la chica. Vivía por encima de su condición social.

Esta vez, Poirot movió la cabeza y dijo en tono de lástima:

—¡Caramba! ¡Caramba!

—Y, luego, ¡cómo trataba de enganchar al señor Roddy! Él era demasiado simple para ver lo que ella pretendía. Y la señorita Elinor, una muchacha franca y noble, desde luego, no se daba cuenta de lo que ocurría. Pero los hombres son todos iguales: ¡fáciles de atrapar con una cara melosa y bonita!

—Supongo que tendría algunos admiradores —dijo Poirot tras un suspiro.

—Por supuesto. Ted, el hijo de Rufus Bigland, un joven muy simpático. Pero la señorita se creía demasiado buena para él. ¡Yo no soportaba tales aires de grandeza!

—¿No estaba enfadado él por la manera en que ella lo trataba? —preguntó Poirot.

—Sí, en efecto. La acusó de coquetear con Roddy. Lo sé de buena tinta. ¡No censuro al muchacho por tomárselo a mal!

—Yo tampoco —replicó Poirot—. Me interesa usted

147

enormemente, madame Bishop. Algunas personas tienen la facilidad de presentar las características humanas de manera clara y vigorosa en unas cuantas palabras. Ahora tengo, por fin, una imagen clara de Mary Gerrard.

—No pierda de vista que no estoy diciendo ni una palabra en contra de la joven —advirtió la señora Bishop—. Nunca haría semejante cosa, sobre todo estando ella bajo tierra. Pero ¡no hay duda de que causó muchos disgustos!

—Me pregunto cómo habría terminado esto —murmuró Poirot.

—¡Eso digo yo! —exclamó la señora Bishop—. Si mi querida señora no hubiese muerto, no sé qué habría pasado. Por terrible que fuera el golpe entonces, ahora veo que fue una suerte.

—¿Quiere usted decir...?

—Lo sé por experiencia —dijo la señora Bishop solemnemente—. Mi propia hermana estaba sirviendo cuando ocurrió. Cuando el anciano coronel Randolph murió, dejó toda su fortuna a una mala pécora que vivía en Eastbourne en lugar de a su esposa; y la anciana señora Dacres dejó la suya al organista de la iglesia, uno de esos jóvenes melenudos, cuando ella tenía hijas e hijos casados.

—¿Quiere usted decir que madame Welman pudo haber dejado su fortuna a Mary Gerrard?

—¡No me hubiera sorprendido! —exclamó la señora Bishop—. Eso es lo que buscaba la joven. Y si yo me hubiese atrevido a insinuar algo, la señora Welman me habría crucificado, aunque yo llevaba con ella casi veinte años. Este es un mundo ingrato, señor Poirot. Si uno procura cumplir con su deber, nadie lo aprecia.

—¡Ay! —suspiró Poirot—. ¡Cuánta verdad!

UN TRISTE CIPRÉS

—Pero la maldad no siempre triunfa —respondió la señora Bishop.

Poirot asintió.

—Es cierto, Mary Gerrard ha muerto...

—Ha ido a rendir cuentas, y nosotros no debemos juzgarla —dijo la señora Bishop tranquilamente.

—Las circunstancias de su muerte parecen inexplicables —murmuró Poirot.

—Esta policía, con sus nuevos métodos, lo enreda todo —afirmó la señora Bishop—. ¿Es probable que una señorita bien criada y bien educada como la señorita Carlisle se ponga a envenenar a alguien? Y han intentado comprometerme diciendo que yo había confesado que su actitud era extraña.

—Pero ¿no era peculiar?

—¿Y por qué no había de serlo? —replicó la señora Bishop con energía—. La señorita Elinor es una joven muy sensible. Iba a trasladar las cosas de su tía, y eso siempre es una operación penosa.

Poirot asintió.

—¡Habría sido mucho mejor para ella si usted la hubiese acompañado!

—Quería hacerlo, señor Poirot, pero ella se opuso. La señorita Elinor siempre ha sido muy orgullosa y reservada. ¡Ojalá la hubiese acompañado!

—¿No pensó usted en seguirla hasta la casa? —murmuró Poirot.

La señora Bishop se irguió majestuosamente.

—Yo no voy adonde no se me quiere, señor Poirot.

Poirot, que pareció intimidado, murmuró:

—Además, usted, sin duda, tendría asuntos importantes de que ocuparse aquella mañana.

—Recuerdo que era un día muy caluroso. Bochorno-

149

so. —Suspiró—. Fui al cementerio a depositar unas cuantas flores en la tumba de la señora Welman, en señal de respeto, y tuve que descansar allí largo rato. Estaba chafada por el calor. Llegué tarde a casa para almorzar, y mi hermana se asustó cuando me vio tan sofocada. Me dijo que no debería haber salido en un día como ese.

—La envidio, madame Bishop —dijo Poirot—. Es muy agradable no tener que reprocharse nada después de una muerte. Monsieur Roderick Welman debe, sin duda, haberse arrepentido de no entrar a ver a su tía aquella noche, aunque, desde luego, él no podía saber que ella iba a fallecer tan pronto.

—¡Oh, se equivoca usted, señor Poirot! Se lo aseguro. El señor Roddy entró en el cuarto de su tía. En aquel momento, yo estaba en el rellano. Oí que la enfermera bajaba la escalera y pensé que sería mejor asegurarme de que la señora no necesitaba nada, pues usted sabe cómo son las enfermeras: siempre se quedan abajo para chismorrear con los criados o para molestarlos pidiéndoles cosas. No es que la enfermera Hopkins fuese tan mala como la otra, la irlandesa pelirroja, siempre charlando y molestando. Pero, como le digo, quise asegurarme de que todo estaba en orden. Fue entonces cuando vi al señor Roddy entrar en la habitación de su tía. Ignoro si ella lo vio, pero, sea como fuere, él no tiene nada que reprocharse.

—Me alegro —dijo Poirot—. Es un joven algo nervioso.

—Un poco caprichoso. Siempre lo ha sido.

—Madame Bishop, evidentemente es usted una mujer muy astuta. Me he formado un elevado concepto de su criterio. ¿Cuál cree que es la verdad acerca de la muerte de Mary Gerrard?

UN TRISTE CIPRÉS

La señora Bishop resopló.

—¡Está muy claro, en mi opinión! Uno de esos infernales botes de paté de Abbot. ¡Los guardan meses enteros en los estantes! Mi prima segunda enfermó una vez y por poco se muere ¡por haber comido cangrejo en lata!

—Pero ¿y la morfina que se encontró en el cuerpo? —objetó Poirot.

La señora Bishop contestó con desdén.

—¡No sé nada respecto de la morfina! ¡Ya sabe cómo son los médicos! ¡Dígales usted que busquen algo y lo encontrarán! ¡No creen que un bote de paté de pescado estropeado sea suficiente!

—¿No cree usted posible que se haya suicidado? —preguntó Poirot.

—¿Ella? —resopló la señora Bishop—. De ninguna manera. ¿Acaso no se había propuesto casarse con el señor Roddy? ¿Suicidarse? Ni por asomo.

Capítulo 5

Al ser domingo, Hércules Poirot encontró a Ted Bigland en la granja de su padre.

No tuvo que esforzarse mucho en hacerlo hablar. Pareció aceptar de buen grado la oportunidad que se le presentaba de descargarse de un peso que lo abrumaba.

—De modo que quiere usted encontrar al asesino de Mary Gerrard, ¿verdad? Ese es un misterio indescifrable —dijo pensativo.

—Entonces, ¿no cree usted que mademoiselle Carlisle sea culpable?

Ted Bigland arrugó la frente. Parecía un niño asombrado.

—La señorita Elinor es hija de buena familia. Ella no es de las que..., bueno, no sé cómo decirlo... No la creo capaz de ejercer en nadie una violencia parecida... ¿No piensa usted lo mismo, señor Poirot?

El detective asintió distraído.

—Sí, no es probable —dijo—. Pero cuando surgen los celos...

Hizo una pausa mientras contemplaba al gigante bien proporcionado que tenía delante.

—¿Celos? —preguntó Ted Bigland—. Sí. Sé que puede ocurrir... a veces... Pero eso sucede cuando una per-

UN TRISTE CIPRÉS

sona está bajo el influjo del alcohol al mismo tiempo. La señorita Carlisle..., tan guapa..., tan educada...

—Pero Mary Gerrard murió, y no fue de muerte natural. ¿Tiene usted alguna idea que pueda ayudarme a descubrir al asesino?

El joven movió la cabeza lentamente.

—No..., no parece posible que nadie deseara la muerte de Mary... Ella era... como una flor.

Y, de repente, durante un vívido minuto, Hércules Poirot se hizo una nueva idea de la joven asesinada. Era... como una flor.

Tuvo la sensación de que se había producido una pérdida dolorosa, de que se había destruido irremediablemente algo exquisito.

En la mente de Poirot se sucedieron una tras otra las palabras de Peter Lord: «Era una chica encantadora»; las de la enfermera Hopkins: «Podía haber llegado a ser una estrella de cine»; las de la señora Bishop: «Le gustaba demasiado intrigar». Y ahora, desvaneciendo todas sus impresiones anteriores, aquella definición simple y romántica de Ted Bigland: «Era como una flor».

—Pero ¿entonces...? —dijo Poirot, que extendió los brazos en el aire haciendo un gesto de extrañeza.

Ted Bigland movió la cabeza asintiendo. Sus ojos tenían la triste expresión de un animal atormentado.

—Lo sé. Lo que usted dice es la verdad. No falleció de muerte natural. Pero he estado pensando y pensando... —Se interrumpió.

Poirot lo instó a proseguir.

—¿Y bien?

Ted Bigland continuó lentamente:

—He estado pensando que tal vez no fuese más que un accidente...

153

—¿Un accidente?... ¿Qué clase de accidente?

—No lo sé. Tal vez mi idea carezca de sentido, pero tengo la impresión de que no fue más que un accidente, un error.

Y miró suplicante a Poirot, avergonzado de su falta de elocuencia. Poirot permaneció pensativo un instante. Parecía reflexionar sobre la idea que había planteado el joven.

—Es interesante que tenga usted esa impresión —dijo al fin.

—No creo que le pueda servir de nada, señor Poirot —repuso Ted Bigland con modestia—. Ni siquiera puedo sugerirle el cómo y el porqué de este sentimiento mío. Es como una corazonada.

—Las corazonadas proporcionan a veces pistas y datos muy valiosos —afirmó el detective—. Perdóneme si entro ahora en un terreno doloroso para usted. ¿Estaba muy enamorado de Mary Gerrard?

El moreno rostro de Ted Bigland se oscureció aún más.

—Todo el mundo lo sabe...

—¿Se proponía usted casarse con ella?

—Sí.

—Y ella... ¿no quiso?

Una expresión sombría le surcó el semblante.

—La gente lo hace con buena intención, no lo dudo; pero a veces no conviene mezclarse en las vidas de los demás —respondió reprimiendo un inicio de cólera—. La educación y el viaje al extranjero cambiaron a Mary. No quiero decir con eso que la... echaran a perder, no. Pero la hicieron sentirse diferente. Adquirió la idea de que era demasiado para mí y, sin embargo, era demasiado poco para un caballero como el señor Welman.

UN TRISTE CIPRÉS

—¿No le resulta simpático monsieur Welman? —preguntó el detective escrutando el rostro de su interlocutor.

—¿Por qué habría de resultármelo? —exclamó Ted Bigland con una violencia pueril—. No tengo nada en su contra. No es lo que yo llamo un hombre. Podría cogerlo así, con una mano, y partirlo en dos. Supongo que es inteligente, pero eso no le sirve de gran cosa si el coche se le detiene en mitad de la carretera. Tal vez sepa qué es lo que hace andar al automóvil, pero es incapaz de sacar una bujía y limpiarla...

—¿Trabaja usted en un garaje? —le preguntó Poirot.

—Sí. En el de Henderson. Allá abajo.

—¿Estaba usted allí la mañana en que sucedió...?

—Sí. Estuve probando el coche de un cliente. Tenía una avería insignificante y no podía localizarla. Entonces lo hice andar un largo trecho. Era un día estupendo. Aún había madreselvas en los setos. A Mary le gustaban mucho las madreselvas. Solíamos ir juntos a cogerlas antes de que ella se marchase al extranjero.

De nuevo, apareció en su rostro la expresión de infantil asombro. Hércules Poirot guardó silencio.

Con un estremecimiento, Ted reemprendió el hilo de su narración.

—Perdóneme. Olvidé que me preguntaba por el señor Welman. Seré sincero: no me sentó bien que cortejara a Mary. No debió hacerlo. Ella no era de su clase.

—¿Cree usted que ella amaba a monsieur Welman? El joven frunció el ceño.

—No lo sé... Realmente, no lo sé. Pero tal vez sí. No puedo asegurarlo.

—¿Existía algún otro hombre que pretendiese a Mary? ¿Alguno que hubiese conocido en el extranjero?

155

—No lo sé. Jamás lo mencionó.

—¿Tenía enemigos aquí, en Maidensford?

—¡Oh, no! Todos la querían.

—¿Madame Bishop también? —preguntó Poirot con una sonrisa.

Ted hizo una mueca.

—¡Oh, eso no era más que despecho! —dijo—. A la señora Bishop no le gustaba el cariño que la señora Welman le tenía a Mary.

—¿Era feliz aquí Mary Gerrard? ¿Quería a madame Welman?

—Habría sido bastante feliz si la enfermera la hubiese dejado en paz —respondió Ted—. Me refiero a la enfermera Hopkins. No hacía más que meterle en la cabeza ideas absurdas. Quería que fuese a Londres para aprender a dar masajes.

—Ella le había cogido cariño a Mary, ¿verdad?

—Sí, desde luego, pero es de las que creen que saben siempre lo que le conviene a cada uno.

—Supongamos que la enfermera supiese algo que redundase en descrédito de Mary Gerrard. ¿Cree usted que se lo callaría? —preguntó Poirot.

Ted Bigland lo miró con curiosidad.

—Temo no haberle comprendido bien, señor Poirot.

—¿Cree usted que si la enfermera Hopkins supiese algo que perjudicara a Mary Gerrard se lo callaría?

—Dudo que esa mujer sea capaz de callarse algo —afirmó Ted, ceñudo—. Es la cotilla más grande de todo el pueblo. Pero, de guardar silencio por alguien, sería sin duda por Mary Gerrard. —Se detuvo un instante, y añadió, impelido por la curiosidad—: Me gustaría saber por qué lo pregunta.

—Hablando con las personas, llega uno a formarse

UN TRISTE CIPRÉS

cierta impresión de su carácter. La enfermera Hopkins es, según las apariencias, una mujer franca y comunicativa. Pero tuve la sensación de que me ocultaba algo. No quiero decir que sea sí o sí una cosa importante. Tal vez no tenga relación alguna con el crimen; pero hay algo que ella sabe y que no ha dicho. No sé por qué, presumo que es algo que perjudica o menoscaba el honor de Mary Gerrard...

Ted Bigland movió la cabeza tristemente.

—Siento no poder serle útil en eso.

—Bueno —respondió Poirot—. Con el tiempo, lo averiguaré.

Capítulo 6

Poirot contemplaba con interés el rostro largo y delicado de Roderick Welman.

Roddy estaba de los nervios. Le temblaban las manos, tenía los ojos inyectados en sangre, la voz ronca e irritada.

—He oído hablar de usted, por supuesto, monsieur Poirot —dijo mirando la tarjeta—. Pero no veo qué es lo que cree el doctor Lord que puede hacer usted en este asunto. Además, ¿qué le importa a él todo esto? Atendió a mi tía, pero, por lo demás, es un extraño para mí. Elinor y yo no lo conocimos hasta que fuimos allí en junio. Creo que Seddon es el más indicado para ocuparse de estos asuntos.

—Técnicamente, es lo correcto —dijo Poirot.

—No es que Seddon me inspire mucha confianza. ¡Es tan pesimista! —añadió Roddy con tristeza.

—Los abogados tienen esa costumbre.

—Hace poco hemos escrito a Bulmer. Se dice que es de lo mejorcito que hay.

—Se le considera el abogado de las causas perdidas —dijo Poirot.

Roddy entornó los ojos, disgustado.

—Supongo que no le molestará que intente ayudar a mademoiselle Carlisle —añadió Poirot.

—Claro que no. Pero...

—Pero ¿qué podré hacer yo? ¿No es eso lo que iba usted a decir?

Una sonrisa iluminó el rostro de Roddy. Una sonrisa tan encantadora que Hércules Poirot comprendió entonces la atracción que aquel hombre podía provocar en los demás.

—Tal vez le parezca algo grosero, pero, en realidad, esa es la cuestión. ¿Qué podrá usted hacer, monsieur Poirot? —dijo Roddy como si se excusara.

—Buscar la verdad —dijo.

—Bien —murmuró Roddy en tono de duda.

—Podría descubrir hechos que beneficien a la acusada.

Roddy suspiró.

—¡Si lo lograse!...

—Lo deseo firmemente. ¿Quiere usted allanarme el camino diciéndome lo que piensa en realidad de este asunto?

Roddy se levantó y empezó a pasear con nerviosismo por la habitación.

—¡Cada vez que lo pienso me parece tan absurdo! ¡Tan irreal! ¡La mera idea de que Elinor, a quien conozco desde que éramos niños, haya hecho una cosa tan melodramática como envenenar a alguien...! ¡Oh, es para reírse! Pero ¿cómo podríamos explicarle eso al jurado?

—¿Cree usted entonces imposible que haya sido ella?

—¡Claro que lo creo! Elinor es una criatura maravillosa física y moralmente. Me parece incapaz de cometer un acto de violencia. Es inteligente, sensible y nunca se dejaría llevar por un arrebato de odio. Pero ¡Dios sabe lo que opinarán de ella los doce gordinflones sin seso que compongan el jurado! Aunque, seamos razonables, ellos no están allí para juzgar el carácter, sino para evaluar las pruebas. ¡Hechos, hechos y más hechos! Y los hechos le son desfavorables.

Hércules Poirot asintió pensativamente.

—Usted, monsieur Welman, es una persona sensible e inteligente. Los hechos acusan a mademoiselle Carlisle, y usted, que la conoce, afirma que es inocente. ¿Qué sucedió, entonces?

Roddy extendió las manos, desesperado.

—Eso es lo terrible. Supongo que la enfermera no pudo hacerlo.

—No estuvo ni un momento junto a los bocadillos. He indagado minuciosamente. Y no pudo envenenar el té sin envenenarse ella también. Estoy seguro de ello. Además, ¿por qué había de desear la muerte de Mary Gerrard?

—¿Y quién pudo desearla?

—Esa es una pregunta que todavía carece de respuesta —dijo Poirot—. Nadie podía desear la muerte de Mary Gerrard. —Y añadió para sí: «Excepto Elinor Carlisle»—. Si pudiéramos probar que no la asesinaron... Pero, por desgracia, así fue. —Ligeramente melodramático, añadió—: «...pero yace fría y sola en su sepulcro helado».

—¿Qué? —preguntó Roddy.

—Es de Wordsworth. Lo he leído mucho. Ese verso expresa lo que usted siente, ¿verdad?

—¿Yo?

El rostro de Roddy se volvió inescrutable.

—Le presento mis excusas... Créame que lo siento profundamente —dijo Poirot—. Es muy difícil... ser detective y, al mismo tiempo, guardar la debida reserva... Hay cosas que no deben decirse jamás. Pero, por desgra-

UN TRISTE CIPRÉS

cia, un detective está obligado a decirlas. Tiene que hacer preguntas desagradables sobre asuntos privados..., sentimentales...

—¿No cree que eso es innecesario?

—Solo con que me aclarase su postura, podríamos dejar el asunto a un lado y no volver a comentarlo —respondió Poirot con modestia—. Además, todo el pueblo sabía que usted admiraba a mademoiselle Mary Gerrard. ¿No es verdad, monsieur Welman?

Roddy se levantó y se apoyó en la ventana.

—Sí.

—¿Estaba enamorado de ella?

—Creo que sí.

—Y ahora está desconsolado por su muerte.

—En efecto, monsieur Poirot, lo estoy.

—Si se expresara usted con claridad, terminaríamos enseguida.

Roddy Welman volvió a tomar asiento. No quiso mirar a su interlocutor. Habló entrecortadamente.

—Es difícil explicarlo. ¿Es necesario?

—No siempre se pueden dejar a un lado las cosas desagradables que nos depara el destino. Usted dice que cree que estaba enamorado de esa joven. ¿No está seguro?

—No lo sé... Era tan encantadora... Como un sueño... Eso me parece ahora: ¡un sueño! Cuando la vi por primera vez después de tantos años, era una visión irreal. ¡Me encapriché de ella! ¡Fue una especie de locura! Ahora todo ha terminado... Como... como si no hubiese existido más que en mi fantasía.

Poirot asintió en silencio.

—Comprendo. —Y luego añadió—: ¿No estaba usted en Inglaterra cuando murió?

—No. Me marché al extranjero el 9 de julio y regresé

el 1 de agosto. El telegrama de Elinor me siguió en mi trayecto. Me apresuré a venir a casa cuando lo supe.

—Debió de ser un golpe tremendo para usted. No tengo la menor duda de que amaba de verdad a la muchacha.

—¿Por qué han de ocurrir estas cosas? ¡Y suceden contra los deseos más íntimos, hundiendo todas nuestras esperanzas! —exclamó Roddy con la voz teñida de amargura y desesperación.

—¡Esa es la vida, *mon ami*! No nos permite ordenarla como queramos. No nos deja escapar de las emociones ni vivir con arreglo al intelecto y la razón. No podemos decir: «¡Sentiré esto y nada más!». ¡Ah, no, monsieur Welman, la vida no es razonable!

—Eso parece...

—Una mañana de primavera, un rostro de mujer, y nuestra existencia sufre un cambio brusco.

Roddy hizo una mueca, y Poirot prosiguió.

—A veces es algo más que un rostro. ¿Qué sabía usted de Mary Gerrard, monsieur Welman?

—¿Qué sabía? Muy poco, en realidad. Ella era atractiva, buena, cariñosa... No sé nada más, nada en absoluto. Tal vez por eso no la echo de menos como debiera.

Su resentimiento había desaparecido. Hablaba con sencillez. Hércules Poirot lo tenía ya a su merced. Roddy parecía experimentar cierto alivio al despojarse de su carga sentimental.

—Era dulce, gentil —dijo—. No muy inteligente. Sensible y bondadosa. Poseía cierta distinción, rarísima en las chicas de su clase.

—¿Pertenecía a ese género de mujeres que se crean enemigos de manera inconsciente?

—No, no —dijo Roddy negando enérgicamente con

UN TRISTE CIPRÉS

la cabeza—. Es imposible que nadie la odiara. Envidiarla, tal vez.

—¿Envidia? —se apresuró a preguntar Poirot—. ¿Cree usted que la envidiaban?

—Aquella carta lo demuestra —respondió Roddy distraídamente.

—¿Qué carta?

Roddy enrojeció al responder.

—¡Oh, nada! No tiene importancia.

—¿Qué carta? —insistió el detective.

—Una carta anónima —dijo de mala gana.

—¿Cuándo la recibieron? ¿A quién iba dirigida?

En contra de su voluntad, Roddy se lo explicó.

—Eso es interesante —murmuró Poirot—. ¿Podría ver la carta?

—Me temo que no. La quemé.

—¡Oh! ¿Por qué lo hizo, monsieur Welman?

—Entonces me pareció muy natural hacerlo.

—Y, a consecuencia de esa carta, usted y mademoiselle Carlisle se dirigieron a toda prisa a Hunterbury, ¿verdad?

—Fuimos, en efecto, pero no apresuradamente.

—Sin embargo, ustedes estaban algo intranquilos, ¿verdad? ¿Tal vez alarmados?

—No admito esa pregunta —repuso Roddy con obstinación.

—Pero si es de lo más natural —exclamó Poirot—. Su herencia, la que les habían prometido, estaba en peligro. No tiene nada de particular que algo así los inquietase. ¡El dinero es muy importante!

—No tan importante como usted da a entender.

—Su candidez es una cosa notable.

Roddy se sonrojó.

163

—Desde luego, ¿por qué no confesarlo?, el dinero nos interesaba a los dos. No éramos indiferentes a él. Pero lo que queríamos era estar seguros de que nuestra tía estaba bien.

—Fue a Hunterbury con mademoiselle Carlisle. En aquel momento su tía no había hecho testamento. Entonces sufrió otra apoplejía. Se proponía redactarlo entonces, pero, afortunadamente para mademoiselle Carlisle, murió antes de poder hacerlo.

—¡Oiga! ¿Qué pretende insinuar con eso?

El rostro de Roddy estaba negro de ira. Poirot lanzó las palabras como dardos envenenados.

—Usted me ha dicho, monsieur Welman, con respecto a la muerte de Mary Gerrard, que el móvil atribuido a Elinor Carlisle era absurdo. Sin embargo, Elinor Carlisle tenía un motivo para temer que la desheredasen en favor de una extraña. La carta de advertencia que recibió... Las palabras incoherentes pronunciadas por su tía que lo confirman... En el vestíbulo hay un maletín que contiene medicamentos y otros artículos farmacéuticos. Es muy fácil extraer un tubo de morfina. Y luego, según me han dicho, ella se quedó a solas con su tía, mientras usted y las enfermeras estaban a la mesa.

—¡Santo Dios!... Monsieur Poirot... ¿Pretende usted ahora insinuar que Elinor asesinó a tía Laura? ¡Qué idea más ridícula! —exclamó Roddy.

—¿No sabe usted que se ha dado orden de exhumar el cuerpo de madame Welman? —replicó el detective.

—Claro que lo sé, pero no encontrarán nada.

—Supongamos que sí.

—Le digo a usted que no.

Poirot movió la cabeza.

—Yo no estoy tan seguro. Y no había más que una

persona a quien beneficiase la muerte de madame Welman en aquellos momentos.

Roddy se sentó. Había empalidecido y se estremecía ligeramente.

Se quedó mirando a Poirot antes de decir:

—Creía que intentaba usted ayudarla.

—En efecto, pero debemos afrontar los hechos. Usted, monsieur Welman, debe de haber preferido siempre no afrontar las verdades desagradables.

—¿Por qué habría de atormentarme considerando el lado malo de las cosas?

—Porque a veces es necesario —contestó Poirot gravemente. Hizo una pausa y prosiguió—: Admitamos la posibilidad de que su tía falleciese a consecuencia de una dosis excesiva de morfina, entonces ¿qué?

Roddy movió la cabeza, confundido.

—No sé.

—Intente pensar. ¿Quién pudo habérsela dado? ¿No quiere reconocer que solo Elinor Carlisle tuvo esa oportunidad?

—¿Y las enfermeras?

—Cualquiera de ellas pudo hacerlo, sin duda. Pero la enfermera Hopkins se dio cuenta de la desaparición del tubo y lo mencionó oportunamente. Y no necesitaba hacerlo. Ya habían firmado el certificado de defunción. ¿Por qué había de llamar la atención sobre la morfina desaparecida si hubiese sido culpable? La amonestarían duramente por su negligencia, y si ella la hubiese envenenado habría sido una insensatez hablar de ello. Lo mismo podemos decir de la enfermera O'Brien: pudo coger sin ningún problema la droga del maletín de la enfermera Hopkins y administrarla a la paciente; pero, dígame..., ¿para qué?

AGATHA CHRISTIE

Roddy movió la cabeza, aturdido.

—Tiene razón.

—También hay que contarle a usted —dijo Poirot.

Roddy dio un respingo, como un caballo nervioso.

—¿A mí?

—Claro que sí. Usted también pudo extraer la morfina. También pudo dársela a madame Welman. Estuvo solo con ella durante un corto espacio de tiempo; pero otra vez me pregunto: ¿por qué había de hacerlo usted? Si ella hubiese vivido lo suficiente para hacer testamento, es más que probable que le hubiese dejado algo. Así pues, no hay motivo. Solo dos personas podían estar interesadas en que muriera antes de tiempo.

A Roddy se le iluminaron los ojos.

—¿Dos personas?

—Sí. Una era Elinor Carlisle.

—¿Y la otra?

Poirot dijo con desesperante lentitud:

—La otra es el autor de la carta anónima.

Roddy parecía incrédulo.

—Alguien escribió esa carta..., alguien que odiaba a Mary Gerrard o que, por lo menos, no la quería mucho —dijo Poirot—. Alguien que estaba de parte de ustedes, digamos. Alguien que no quería que Mary Gerrard se beneficiase con la muerte de madame Welman. Ahora dígame: ¿tiene usted alguna idea de quién pueda ser el autor de esa carta?

Roddy negó con la cabeza.

—No, monsieur Poirot. Era una carta mal redactada, peor escrita y con un papel de pésima calidad.

Poirot levantó una mano.

—No sacaremos mucho con eso. La puede haber escrito una persona educada que quisiera disfrazar su

166

condición. Por eso desearía que hubiese conservado la carta. La gente que intenta disfrazar lo que escribe se descubre casi siempre por pequeños detalles.

—Elinor y yo creímos que se trataba de una criada —dijo Roddy vacilante.

—¿No pensaron en nadie en particular?

—No, en absoluto.

—¿No podría haber sido madame Bishop, el ama de llaves?

Roddy lo miró sorprendido.

—¡Oh, no! Es una señora respetable y orgullosa. Además, tiene una letra preciosa, y estoy seguro de que jamás...

Al verlo titubear, Poirot intervino rápidamente:

—No apreciaba a Mary Gerrard.

—Creo que no, aunque jamás me di cuenta.

—Usted no se daba cuenta de muchas cosas, monsieur Welman...

Se quedó pensando un buen rato.

—¿No cree usted que mi tía pudo muy bien tomar la morfina sin que nadie la viera hacerlo? —preguntó al fin.

—Es una idea, en efecto —respondió Poirot.

—Dijo en varias ocasiones que no podía soportar la idea de que tuvieran que cuidarla como si fuese una niña. Deseaba morir.

—Pero no pudo levantarse de la cama, bajar la escalera y coger el tubo de morfina del maletín de la enfermera Hopkins.

—Alguien pudo proporcionárselo —dijo Roddy lentamente.

—¿Quién?

—Pues... una de las enfermeras.

—No. Es imposible. Ellas sabían perfectamente a lo que se arriesgaban. Las enfermeras son las últimas de quienes podemos sospechar.

—Entonces, alguna otra persona.

Se estremeció, abrió la boca y la volvió a cerrar.

—Acaba usted de recordar algo, ¿verdad? —dijo Poirot en voz baja.

—Sí, pero... —titubeó Roddy.

—¿No se atreve a decírmelo?

—No...

—¿Cuándo lo dijo mademoiselle Carlisle? —preguntó Poirot con una leve sonrisa asomando en la comisura de los labios.

Roddy reprimió una exclamación de asombro.

—¡Santo Dios!... ¿Es usted brujo?... Cuando veníamos en el tren, después de recibir el telegrama en que nos anunciaban la segunda apoplejía de mi pobre tía, Elinor me dijo que estaba muy preocupada por el estado de desesperación en que se encontraba la tía, y afirmó: «Sería un acto de piedad permitirle morir si verdaderamente lo desea».

—¿Y qué dijo usted?

—Que estaba de acuerdo con ella.

—Ahora, monsieur Welman, dígame, y sea sincero —pidió Poirot muy serio—: usted ha rechazado la posibilidad de que mademoiselle Carlisle matase a su tía para entrar en posesión de la herencia. ¿Se atreve a negar ahora que lo haya hecho por compasión?

—No, no... no sé... —exclamó Roddy.

Hércules Poirot asintió con la cabeza.

—Ya me lo imaginaba. Estaba seguro de que respondería eso precisamente.

Capítulo 7

En el despacho de Seddon, Blatherwick y Seddon recibieron a Hércules Poirot con extrema cautela, por no decir con desconfianza.

El señor Seddon, acariciándose con el dedo índice la barbilla pulcramente afeitada, no parecía muy comunicativo, y, con ojos suspicaces, midió de pies a cabeza al detective.

—Su nombre me resulta familiar, monsieur Poirot, pero le confieso que no comprendo su intervención en este caso.

—Actúo en interés de su cliente, monsieur —dijo Poirot.

—¡Ah, sí! ¿Y quién le ha pedido que lo haga?

—El doctor Lord.

El señor Seddon elevó las cejas con gran sorpresa.

—¿De veras?... Me parece muy extraño. El doctor Lord declarará como testigo a instancias del fiscal.

Poirot se encogió de hombros.

—¿Qué importa?

—La defensa de la señorita Carlisle está enteramente en nuestras manos —replicó el señor Seddon—. No necesitamos asistencia alguna en este caso, monsieur Poirot.

—¿Tan fácil encuentra probar la inocencia de su cliente? —preguntó Poirot con cortesía.

El señor Seddon hizo una mueca. Luego pareció encolerizarse, como si se hubiese visto cuestionado.

—Esa es una pregunta inconveniente, muy inconveniente —dijo.

—Las pruebas reunidas contra mademoiselle Carlisle son más que desfavorables —arguyó el detective.

—No comprendo, monsieur Poirot, cómo ha llegado usted a saber eso.

—Aunque he venido aquí a petición del doctor Lord, tengo una nota de monsieur Roderick Welman.

Se la entregó con una inclinación.

El señor Seddon lanzó una ojeada a las líneas de la tarjeta.

—Esto cambia las cosas —dijo a regañadientes—. Monsieur Welman se hace responsable de la defensa de la señorita Elinor Carlisle... Nosotros obramos a instancias de él. —Y añadió con visible disgusto—: Nuestro bufete no interviene casi nunca..., ¡ejem!, en procedimientos criminales, pero he creído mi deber, en consideración a mi difunta cliente, encargarme de la defensa de su sobrina. Puedo decirle que nos hemos puesto en contacto con sir Edwin Bulmer.

—No importan los gastos —dijo Poirot con cierta ironía—. Todo es justo con tal de que la absuelvan.

—Realmente, monsieur Poirot... —replicó el señor Seddon mirándolo a través de las gafas.

El detective cortó la protesta.

—La elocuencia y los recursos emotivos no salvarán a su cliente. Necesita algo más que todo eso.

—¿Qué nos aconseja usted? —preguntó el abogado en tono seco.

—La verdad.

—Perfectamente.

UN TRISTE CIPRÉS

—Ahora bien, ¿nos beneficiará la verdad?

—Ese comentario también es muy inconveniente —dijo el señor Seddon con voz cortante.

—Hay ciertas preguntas que desearía que me respondiera —repuso Poirot.

—Desde luego, no puedo responder sin el consentimiento de mi cliente —dijo Seddon con cierta cautela.

—Es natural, lo comprendo. —Poirot hizo una pausa, y luego preguntó—: ¿Tiene Elinor Carlisle algún enemigo?

El señor Seddon mostró una ligera sorpresa.

—Que yo sepa, ninguno.

—La difunta madame Welman, ¿hizo testamento en algún momento de su vida?

—Nunca. Siempre lo aplazaba.

—Y Elinor Carlisle, ¿ha hecho testamento?

—Sí.

—¿Recientemente? ¿Después de la muerte de su tía?

—Sí.

—¿A quién ha dejado su fortuna?

—Eso, monsieur Poirot, es algo confidencial. No puedo decírselo sin autorización de mi cliente.

—Entonces ¡tendré que interrogar a su cliente!

—Me temo que eso no le será fácil —repuso el señor Seddon con una sonrisa glacial.

El detective se alzó e hizo un gesto.

—Todo es fácil para Hércules Poirot —afirmó.

Capítulo 8

El inspector jefe Marsden lo saludó afable.

—¡Hola, monsieur Poirot! —exclamó—. ¿Ha venido a orientarme sobre alguno de mis casos?

—No, no —murmuró Poirot—. Siento curiosidad por un asunto, eso es todo.

—Tendré mucho gusto en complacerlo. ¿De qué caso se trata?

—Del de Elinor Carlisle.

—¡Ah, sí! La joven que envenenó a Mary Gerrard. Dentro de un par de semanas se celebrará la vista de la causa. Un caso interesante. También mató a la anciana. No ha llegado el informe definitivo; pero, al parecer, no existe la menor duda al respecto. Morfina. Un crimen cometido a sangre fría. Ni siquiera se inmutó cuando la detuvieron; tampoco después. No ha soltado prenda en sus declaraciones. Pero tenemos pruebas que la acusan.

—¿Cree que lo hizo?

Marsden, un hombre veterano, de rostro bondadoso, movió afirmativamente la cabeza.

—No me cabe la menor duda. Puso el veneno en el bocadillo más próximo a la señorita Gerrard. Es una chica con mucha sangre fría.

—¿No tiene usted ninguna duda? ¿Ninguna en absoluto?

UN TRISTE CIPRÉS

—¡Oh, no! Estoy completamente seguro. Respira uno más tranquilo cuando la culpabilidad de alguien es tan obvia. No nos gusta cometer errores. No buscamos simplemente una condena, como cree la gente. En esta ocasión, puedo actuar con la conciencia tranquila.

—Comprendo —dijo Poirot lentamente.

El detective de Scotland Yard lo miró con curiosidad.

—¿Hay algo a favor de la acusada?

Poirot movió despacio la cabeza.

—Aún no. Hasta ahora, todo lo que he encontrado señala que Elinor Carlisle es culpable.

—Es culpable, no hay duda —replicó el inspector Marsden con alegre seguridad.

—Me gustaría verla —dijo Poirot.

El inspector Marsden sonrió con aire indulgente.

—Tiene usted mucha influencia en el Ministerio del Interior, ¿verdad? —dijo—. Con eso bastará.

Capítulo 9

—¿**B**ien? —preguntó el doctor Lord.

—No, no está yendo muy bien. Me he topado con varias dificultades —respondió Poirot.

—¿No ha descubierto nada?

—Elinor Carlisle mató a Mary Gerrard por celos. Elinor Carlisle mató a su tía con el fin de heredar su fortuna. Elinor Carlisle mató a su tía por compasión. ¡Puede usted elegir, *mon ami*!

—¡Está usted diciendo tonterías! —exclamó Peter Lord.

—¿Sí?

El rostro pecoso de Lord mostraba enfado.

—¿Qué es todo esto? —preguntó.

—¿Lo cree usted posible?

—¿El qué?

—¿Que Elinor Carlisle, no pudiendo soportar que su tía sufriese, la matara por compasión o porque ella se lo pidiera?

—¡Tonterías!

—¿Tonterías? Usted mismo me dijo que la anciana señora le suplicó en una ocasión que la ayudara a terminar con su vida.

—No lo dijo en serio. Ella sabía que yo no haría algo así.

—Sin embargo, ella tenía esa idea en la cabeza. Elinor Carlisle pudo haberla ayudado.

Peter Lord paseó de un extremo a otro de la habitación.

—No se puede negar esa posibilidad —dijo al fin—. Pero Elinor Carlisle es una joven equilibrada. No creo que la compasión le hiciese olvidar el riesgo que correría. Y se daría perfecta cuenta del peligro. Se exponía a que la acusasen de asesinato.

—Así pues, ¿usted no cree que lo hiciera?

—Creo que una mujer haría semejante cosa por su esposo, por su hijo o por su madre, tal vez. No creo que lo hiciera por una tía, aunque la quisiese mucho. Y creo que, en todo caso, solo lo haría si la persona en cuestión estuviese sufriendo un dolor verdaderamente insoportable.

—Quizá tenga usted razón —murmuró Poirot pensativo, antes de añadir—: ¿Cree usted que los sentimientos humanitarios de Roderick Welman puedan haber influido para que él hiciera semejante cosa?

—¡No tendría el valor necesario! —replicó Peter Lord con desdén.

—¡Quién sabe! Observo que, en ocasiones, menosprecia usted a ese joven.

—¡Oh, no! Es inteligente, no cabe duda.

—Exacto —dijo el detective—. Y también es atractivo. Sí, no he podido evitar fijarme.

—¿Sí? ¡Pues yo nunca lo he notado! —Luego añadió con vehemencia—: Entonces, Poirot, ¿no ha sacado nada en claro?

—¡Hasta ahora, mis investigaciones no han llegado a buen puerto! Me conducen siempre al mismo punto. Nadie ganaba nada con la muerte de Mary Gerrard. Na-

AGATHA CHRISTIE

die odiaba a Mary Gerrard, excepto Elinor Carlisle. Hay una sola pregunta que podamos formularnos, quizá: ¿odiaba alguien a Elinor Carlisle?

El doctor Lord negó con la cabeza lentamente.

—Que yo sepa, no. Usted quiere decir... ¿que alguien le ha tendido una trampa? ¿Que alguien ha querido hacer recaer las sospechas del crimen sobre la señorita Carlisle?

Poirot asintió con la cabeza.

—Desde luego, es una suposición aventurada —dijo—, y no hay nada que la apoye, excepto, quizá, el hecho de que todas las pruebas apunten de forma tan clara en contra de ella. —Le contó al doctor lo de la carta anónima—. Como ve, la carta fundamenta una argumentación de peso en su contra: le advirtieron que podría ocurrir que su tía no le dejase ni siquiera un penique en su testamento; que esta otra muchacha, una extraña, podría heredar la fortuna entera. Así, cuando su tía pidió un abogado, ella no quiso correr ningún riesgo y se cuidó de que la anciana muriese aquella misma noche.

—¿Y Roderick Welman? —exclamó Peter Lord—. ¡También tenía mucho que perder!

Poirot negó con la cabeza.

—No, a él le convenía que su tía hiciese testamento. Si moría sin hacerlo, no recibiría nada. Elinor era su pariente más cercano.

—Pero ¡iba a casarse con Elinor! —objetó Lord.

—Es cierto. Pero recuerde que justo después se rompió el compromiso; él le dijo claramente que deseaba que ella lo dejase libre.

Peter Lord gimió.

—Todo vuelve a apuntar a Elinor. ¡Siempre! —dijo.

176

UN TRISTE CIPRÉS

—Sí. A menos que... —Permaneció en silencio un instante. Luego añadió—: Hay algo...

—¿Sí?

—Algo... En este rompecabezas falta una pequeña pieza, algo que atañe a Mary Gerrard, estoy seguro. *Mon cher*, uno oye muchos chismes por estos parajes. ¿Ha oído usted alguna vez alguno sobre ella?

—¿Sobre Mary Gerrard? ¿Acerca de su carácter, quiere decir?

—Cualquier cosa. Alguna historia referente a ella. Alguna indiscreción de su parte. Una insinuación de escándalo. Una duda sobre su honradez. Algún rumor malicioso respecto a ella. Algo que verdaderamente la perjudique...

—Supongo que no va a sugerir... desenterrar cosas de una joven que está muerta y no puede defenderse —contestó despacio Peter Lord—. De todas formas, no creo que descubra nada.

—¿Llevaba una vida irreprochable?

—Que yo sepa, sí. Nunca he oído nada que la perjudicase.

—No ha de pensar usted, *mon ami*, que yo iba a remover el fango donde no lo hay... —dijo Poirot suavemente—. No, no, nada de eso. Pero la excelente enfermera Hopkins no es una mujer que sepa ocultar sus sentimientos. Quería a Mary y hay alguna cosa respecto a la joven que ella no quiere que se sepa; es decir, hay algo contra Mary que teme que yo descubra. No cree que tenga ninguna relación con el crimen, pues está convencida de que Elinor Carlisle lo cometió y, evidentemente, esa cosa, sea la que sea, no se refiere a Elinor. Pero, como ve, mi querido amigo, es necesario que yo lo sepa todo, pues puede ser que Mary haya perjudicado a una tercera persona; y, en ese caso, esa tercera persona podría tener un motivo para desear su muerte.

—Pero, seguramente, en ese caso, la enfermera Hopkins se habría dado cuenta de eso también —dijo el doctor Lord.

—La enfermera Hopkins es una persona muy inteligente dentro de sus límites, pero su intelecto no iguala al mío —observó el detective—. ¡Tal vez ella no se percataría, pero Hércules Poirot sí!

—Lo siento —dijo Lord negando con la cabeza—. No sé nada.

—Tampoco Ted Bigland sabe nada —dijo Poirot pensativo—, y él ha vivido aquí toda su vida y conoce a Mary de siempre. Ni madame Bishop, pues si supiera alguna cosa desagradable relacionada con la joven no se lo habría podido callar. *Eh bien*, hay una esperanza más.

—¿Sí?

—Pienso ver hoy mismo a la otra enfermera, a mademoiselle O'Brien.

—No creo que esté muy enterada de lo ocurrido en este distrito. Solo estuvo aquí un mes o dos —dijo el doctor Lord negando con la cabeza.

—Lo sé. Pero, *mon ami*, la enfermera Hopkins, según nos han dicho, es muy locuaz. No ha chismorreado mucho en el pueblo, donde tales chismes podrían haber perjudicado a Mary Gerrard. Pero ¡dudo de que se abstuviera de hacerlo con una forastera y colega! La enfermera O'Brien puede saber algo.

Capítulo 10

La pelirroja O'Brien sacudió la cabeza y sonrió ampliamente al individuo que estaba sentado frente a ella, al otro lado de la mesita de té.

«Es un hombrecillo muy cómico, con ojos verdes como los de un gato; ¡y el doctor Lord opina que es muy inteligente!», pensó.

—Es un verdadero placer encontrarme con una persona tan llena de salud y vitalidad —dijo Hércules Poirot—. Tras disfrutar de sus cuidados, todos sus pacientes, sin duda, deben recuperarse.

—No soy de las que ponen caras largas, y, a Dios gracias, pocos de mis pacientes mueren —respondió la enfermera O'Brien.

—Desde luego, en el caso de madame Welman, se trataba de una verdadera liberación.

—¡Ah, así es, pobrecita! —Observó a Poirot y le preguntó—: ¿Quería hablarme de eso? Sospeché algo cuando supe que la estaban desenterrando.

Poirot hizo una breve pausa. Parecía estar buscando la pregunta justa.

—¿No tuvo usted ninguna sospecha en aquel momento?

—Ni la más ligera, aunque por la cara que tenía el doctor Lord aquella mañana y que estuviera mandándome de un lado a otro a buscar cosas que no necesitaba, bien podría haber sospechado algo. Pero firmó el certificado de defunción.

—Tenía sus motivos...

—Así es, y no le faltaba razón —lo interrumpió ella—. A un médico no le conviene ofender a la familia; y luego, si se hubiera equivocado, habría perdido clientela. ¡Un médico tiene que estar seguro!

—Se ha sugerido que madame Welman pudo haberse suicidado —apuntó Poirot.

—¿Ella? ¿Cuando estaba tendida en la cama, reducida a la impotencia? ¡Si apenas podía levantar una mano!

—¿Y si alguien la hubiera ayudado?

—¡Ah! Ahora veo adónde quiere usted llegar. ¿La señorita Carlisle, el señor Welman o quizá Mary Gerrard?

—Sería posible, ¿no?

La enfermera negó con la cabeza.

—¡Ninguno de ellos se hubiera atrevido!

—Tal vez no —murmuró Poirot—. ¿Cuándo echó de menos el tubo de morfina la enfermera Hopkins?

—Aquella misma mañana. «Estoy segura de que lo tenía aquí.» Esas fueron sus palabras. Al principio, estaba muy segura, pero ya sabe usted lo que ocurre: al cabo de un rato, vienen las dudas... Y terminó diciendo que no tenía la menor duda de que se lo había dejado en casa.

—Y ¿ni siquiera entonces sospechó usted nada?

—¡En absoluto! No se me ocurrió que pudiera suceder nada anormal. Aun ahora, la policía tiene tan solo una sospecha.

—Al pensar en aquel tubo de morfina desaparecido, ¿ni usted ni madame Hopkins se intranquilizaron un momento?

—Verá usted: recuerdo lo que hablamos la enfermera

UN TRISTE CIPRÉS

Hopkins y yo en el café El Caballito Azul, donde nos encontrábamos en aquel momento: «Puede que la dejase en la repisa de la chimenea mientras abría el armario, y puede que resbalase y cayese en el cesto de los papeles, que estaba lleno y que vacié en el cubo de la basura cuando salí de casa», me dijo. «Sí, eso debe de ser», le contesté. Y ninguna de las dos mencionamos lo que nos preocupaba ni los temores que sentíamos.

—¿Y qué piensa usted ahora? —preguntó Poirot.

—Si encuentran morfina en el cuerpo, no habrá duda de quién cogió aquel tubo ni de para qué se usó; aunque no creeré que ella envenenara a la anciana señora hasta que se demuestre que verdaderamente hay morfina en su cuerpo.

—¿No tiene ninguna duda de que Elinor Carlisle mató a Mary Gerrard? —dijo Poirot.

—En mi opinión, ninguna. ¿Quién más podía tener una razón para ello o desearlo?

—Esa es la cuestión —dijo Poirot.

—Yo estaba presente la noche en que la señora intentaba hablar y la señorita Elinor le prometió que todo se haría según sus deseos. Y vi su cara y el odio que se reflejaba en ella cuando siguió con la mirada a Mary mientras bajaba la escalera. Sí, el crimen anidaba en su corazón en aquel momento.

—Si, efectivamente, Elinor Carlisle mató a madame Welman, ¿por qué lo haría? —preguntó el detective.

—¿Por qué? Por el dinero, desde luego. Nada menos que doscientas mil libras esterlinas. Eso es lo que heredó, y por eso lo hizo... si lo hizo. Es una joven audaz e inteligente.

—Si madame Welman hubiera hecho testamento, ¿a quién cree usted que habría dejado su fortuna?

—¡Ah! No soy yo quién para decirlo —repuso la enfermera—. Pero, en mi opinión, la fortuna entera de la señora Welman habría ido a parar a manos de Mary Gerrard.

—¿Por qué?

—¿Por qué? ¿Usted pregunta por qué? Yo digo que eso es lo que me parece.

—Algunas personas dirían que Mary Gerrard había intrigado tan hábilmente que logró las simpatías y el cariño de la anciana, hasta el punto de hacerle olvidar los lazos de sangre —murmuró Poirot.

—Es posible que lo digan —contestó la enfermera O'Brien lentamente.

—¿Era Mary Gerrard una muchacha hábil a la que le gustaba intrigar?

La enfermera O'Brien respondió aún más despacio.

—No creo tal cosa de ella. Todo cuanto hacía era espontáneo, sin ninguna sombra de maldad. A esa chica no le gustaba intrigar. A menudo existen motivos para estas cosas, aunque nunca se divulguen.

—Es usted, a mi entender, una mujer muy discreta, mademoiselle O'Brien —apuntó el detective con suavidad.

—No me gusta hablar de lo que no me concierne.

Poirot la observó atentamente antes de decir:

—Usted y mademoiselle Hopkins han convenido, ¿no es cierto?, en que es mejor que algunas cosas no salgan a la luz.

—¿Qué quiere usted decir con eso? —preguntó la enfermera.

—Nada que se relacione con el crimen o los crímenes. Me refiero al otro asunto —contestó rápidamente Poirot.

La señorita O'Brien negó con la cabeza.

—¿De qué serviría desenterrar una vieja historia escandalosa, cuando ella era una anciana decente y buena que ha muerto respetada por todo el mundo?

UN TRISTE CIPRÉS

Hércules Poirot asintió.

—Como usted dice, madame Welman era muy respetada en Maidensford.

La conversación había tomado un giro inesperado, pero el rostro de Poirot no expresaba ni sorpresa ni perplejidad.

—Hace mucho tiempo de eso, además. Está enterrado y olvidado —añadió la enfermera—. Yo tengo un corazón muy sensible para las historias románticas, y digo, y siempre he dicho, que es un tormento para un hombre que tiene a su esposa en un manicomio estar atado toda su vida, sin esperanza de que no haya nada más que la muerte capaz de liberarlo.

—Sí, es un tormento —murmuró Poirot, perplejo.

—¿Le dijo a usted la enfermera Hopkins que su carta se cruzó con la mía? —preguntó la enfermera.

—No, no me dijo nada —contestó Poirot.

—Fue, en verdad, una coincidencia extraordinaria. Pero suele ocurrir. Oye usted un nombre, y un día o dos después vuelve a toparse con él. Sí, qué coincidencia que yo viera ese retrato encima del piano y en aquel mismo momento el ama de llaves del doctor estuviese hablando del retrato del mismo hombre con la enfermera Hopkins.

—Eso es muy interesante —dijo Poirot. Y luego murmuró con cautela—: ¿Mary Gerrard se enteró de todo esto?

—¿Quién se lo había de decir? —repuso la enfermera O'Brien—. Yo no, y tampoco la enfermera Hopkins. A fin de cuentas, ¿de qué le habría servido a ella?

La pelirroja O'Brien levantó la cabeza y miró con fijeza a Poirot, que suspiró:

—En efecto, ¿de qué iba a servirle?

183

Capítulo 11

Elinor Carlisle...

A través de la mesa que los separaba, Poirot la observaba atentamente. Estaban solos. Tras una mampara de cristal, un celador los vigilaba.

Poirot observó el rostro sensible e inteligente de la joven, con la frente ancha y blanca y las orejas y la nariz finamente modeladas. Líneas delicadas; una criatura orgullosa y sensible, refinada; y algo más: con capacidad para sentir una gran pasión.

—Soy Hércules Poirot —dijo—. El doctor Lord me ha recomendado que viniese a verla. Cree que puedo ayudarla.

—Peter Lord... —murmuró Elinor Carlisle.

Pareció recordar. Durante un momento sonrió, melancólica.

—Es muy gentil de su parte, pero no creo que pueda usted hacer nada.

—¿Querría usted hacer el favor de contestar a mis preguntas?

Ella suspiró.

—Créame..., sería mejor que no hiciese pregunta alguna. Estoy en buenas manos. El señor Seddon ha sido muy amable conmigo. Me defenderá un abogado famoso.

—¡No es tan famoso como yo!

UN TRISTE CIPRÉS

—Tiene una gran reputación —respondió ella, cansada.

—Sí, de defender criminales. Yo tengo reputación... de demostrar la inocencia de quienes no lo son.

Alzó la mirada al fin; sus ojos, intensamente azules, se clavaron en los de Poirot.

—¿Cree usted que soy inocente? —preguntó.

—¿Lo es usted?

Elinor esbozó una sonrisa irónica.

—¿Es esa una prueba de su habilidad? Es muy fácil, ¿no es verdad?, contestar: «Sí».

—Está usted muy cansada, ¿no? —dijo Poirot, pillándola desprevenida.

Los bellos ojos azules de la muchacha se dilataron un poco.

—Sí, mucho —respondió—. ¿Cómo lo ha sabido?

—Simplemente lo he sabido.

—Estaré contenta cuando todo esto... termine de una vez.

Poirot la contempló en silencio un instante.

—He visto a... su primo, a monsieur Roderick Welman.

El rostro blanco y orgulloso de Elinor enrojeció ligeramente. Poirot se dio cuenta de que la joven acababa de responderle a una pregunta sin tener que hacérsela.

—¿Ha visto usted a Roddy? —dijo con voz temblorosa.

—Está haciendo todo cuanto puede por usted —respondió Poirot.

—Lo sé.

Su voz era suave.

—¿Él es pobre o rico? —preguntó Poirot.

—¿Roddy? No tiene mucho dinero propio.

AGATHA CHRISTIE

—¿Y es derrochador?

—Ninguno de los dos creíamos que eso tenía importancia —respondió distraída—. Sabíamos que algún día... —Se interrumpió.

Poirot preguntó rápidamente:

—¿Contaba usted con su herencia? Es muy comprensible. Quizá conozca usted el resultado de la autopsia practicada a su tía. Murió de una intoxicación producida por morfina.

—Yo no la maté —repuso fríamente Elinor Carlisle.

—¿La ayudó usted a suicidarse?

—¿Que si la ayudé?... ¡Oh, comprendo! No, no hice tal cosa.

—¿Sabía usted que su tía no había dictado testamento?

—No. Lo ignoraba por completo.

Su voz había pasado a carecer de inflexión. La respuesta fue mecánica, como si no estuviera muy interesada por el asunto.

—Y usted, ¿ha hecho testamento?

—Sí.

—¿Lo hizo el día en que el doctor Lord le habló a usted al respecto?

—Sí.

De nuevo, su rostro enrojeció.

—¿A quién ha dejado usted toda su fortuna, mademoiselle Carlisle?

—Se lo he dejado todo a Roderick, a Roderick Welman —contestó Elinor quedamente.

—¿Lo sabe él?

—No, claro que no.

—¿No lo discutió usted con él?

—Naturalmente que no. Se habría encontrado en una

UN TRISTE CIPRÉS

situación embarazosa, le habría disgustado que yo hiciera algo así.

—¿Quién más conoce el contenido de su testamento?

—Únicamente el señor Seddon... y sus ayudantes, supongo.

—¿Redactó monsieur Seddon el testamento?

—Sí, le escribí aquella misma noche; quiero decir, la noche del día en que el doctor Lord me habló de ello.

—¿Echó usted personalmente la carta al correo?

—No. La deposité en el buzón de la casa con las otras cartas.

—Usted la escribió, la metió en un sobre, lo cerró, le puso un sello y la introdujo en el buzón. *Comme ça?* ¿No se detuvo usted a reflexionar? ¿A leer de nuevo la carta?

—La volví a leer —contestó Elinor mirándolo fijamente—. Fui a buscar unos sellos. Al regresar, leí de nuevo la carta para asegurarme de que me había expresado con claridad.

—¿Había alguien más en el cuarto con usted?

—Solamente Roddy.

—¿Sabía él lo que estaba usted haciendo?

—Le he dicho que no.

—¿Pudo alguien leer la carta cuando usted salió del cuarto?

—Lo ignoro... ¿Se refiere a una criada? Supongo que pudieron hacerlo si hubieran entrado en la habitación durante mi breve ausencia.

—¿Y antes de que monsieur Roderick Welman entrase?

—Sí.

—Y él, ¿pudo haberla leído también?

La voz de Elinor fue clara y firme:

—Puedo asegurarle a usted, monsieur Poirot, que mi primo, como usted lo llama, no lee las cartas ajenas.

—Eso es lo que usted cree. Se sorprendería si supiera cuántas personas hacen cosas que no deben hacerse.

Elinor se encogió de hombros.

—¿Fue aquel día cuando se le ocurrió la idea de matar a Mary Gerrard? —preguntó Poirot como de pasada.

Por tercera vez, el rostro de Elinor Carlisle enrojeció. Esta vez fuertemente.

—¿Eso se lo dijo Peter Lord? —preguntó.

—Fue entonces, ¿no es verdad? —dijo Poirot con delicadeza—. Cuando usted miró por la ventana y la vio haciendo testamento. Fue entonces, ¿no es cierto?, cuando se le ocurrió lo divertido y lo conveniente que sería si Mary Gerrard muriese por casualidad...

—Él lo adivinó..., él me miró y lo adivinó —respondió la chica con voz sofocada.

—El doctor Lord sabe mucho... —dijo Poirot—. No es ningún necio ese joven de rostro pecoso y cabello rojizo...

—¿Es cierto que él le ha pedido que venga para ayudarme? —preguntó Elinor.

—Es verdad, mademoiselle.

—No lo entiendo —dijo ella con un suspiro—. No, no lo entiendo.

—Escuche, mademoiselle Carlisle: es necesario que me diga lo que ocurrió el día de la muerte de Mary Gerrard; adónde fue usted, lo que hizo. Más aún: quiero conocer hasta lo que usted pensó.

Ella lo miró fijamente, asombrada. Luego, poco a poco, le asomó a los labios una sonrisa.

—Usted debe de ser un hombre increíblemente simple —respondió—. ¿No comprende lo fácil que me sería mentirle?

—No importa —dijo Poirot con toda la tranquilidad del mundo.

Ella estaba perpleja.

—¿No importa?

—No. Las mentiras, mademoiselle, dicen tanto como la verdad. A veces, más. Vamos, vamos, comience. Encontró usted a su ama de llaves, a la buena de madame Bishop. Ella quería ir a ayudarla y usted no se lo permitió. ¿Por qué?

—Quería estar sola.

—¿Por qué?

—¿Por qué? ¿Por qué? Porque quería... pensar.

—Quería usted pensar..., sí. ¿Y qué hizo después?

—Compré un poco de paté para bocadillos —dijo Elinor con la barbilla erguida, en actitud retadora.

—¿Dos botes?

—Dos.

—Y fue a Hunterbury. ¿Qué hizo allí?

—Subí al cuarto de mi tía y empecé a examinar sus objetos personales.

—¿Qué encontró?

—¿Qué encontré? —replicó frunciendo el ceño—. Ropas, cartas, retratos, joyas...

—¿Y... secretos? —preguntó Poirot.

—¿Secretos? No lo entiendo.

—Continuemos. ¿Qué hizo después?

—Bajé a la cocina e hice unos bocadillos —dijo la joven.

—Y usted pensó... ¿qué?

Los ojos azules de la muchacha chispearon de repente.

—Pensé en Leonor de Aquitania...

—La entiendo perfectamente —murmuró Poirot.

—¿Sí?

AGATHA CHRISTIE

—Sí. Conozco la historia. Ella le dio a elegir a la bella Rosamunda entre una daga o una copa de veneno. Rosamunda eligió el veneno...

Elinor no dijo nada. Estaba pálida. Poirot continuó:

—Pero quizá en esta ocasión no iba a haber opción... Prosiga, mademoiselle. ¿Qué hizo a continuación?

—Puse los bocadillos en un plato y fui a la casa del guarda. La enfermera Hopkins estaba allí, con Mary. Les dije que había preparado unos bocadillos y que los tenía arriba.

Poirot la observaba.

—Sí, y subieron juntas a la casa, ¿no?

—Sí. Comimos los bocadillos en la sala.

—Sí, sí..., todavía ensimismada en su sueño —añadió Poirot con el mismo tono suave—. ¿Y luego?

—¿Luego? —Ella lo miró fijamente—. La dejé... de pie, junto a la ventana. Fui a la trascocina. Todavía, como usted dice, sumida en un sueño... La enfermera estaba allí lavando algo...; le di el bote de paté.

—Sí, sí. ¿Y qué sucedió entonces? ¿Qué pensó usted después?

—Observé una señal en la muñeca de la enfermera —comentó como en éxtasis—. Se lo hice notar, y ella me dijo que era de una espina de los rosales de la casa del guarda. Las rosas junto a la casa del guarda... Roddy y yo discutimos en una ocasión, hace mucho tiempo, acerca de la guerra de las Dos Rosas. Yo era una Lancaster, y él, un York. A él le gustaban las rosas blancas; yo dije que no eran reales, que ¡ni siquiera olían! A mí me gustaban las rosas encarnadas, grandes y oscuras, aterciopeladas y olorosas del verano... Discutimos de la manera más idiota que se pueda usted imaginar. Verá: todo ello me vino a la cabeza allí, en la cocina, y... algo... algo anu-

UN TRISTE CIPRÉS

ló... el odio que hervía en mi corazón... Desapareció al recordar cómo éramos de niños. Ya no quería que ella muriese... —Hizo una pausa—. Pero más tarde, cuando volvimos a la sala, estaba agonizando... —Guardó silencio.

Poirot la examinaba muy atento. Elinor enrojeció.

—¿Volverá usted a preguntarme... si maté a Mary Gerrard?

Poirot se puso en pie.

—No le preguntaré nada. Hay cosas que no quiero saber...

Capítulo 12

I

El doctor Lord esperó la llegada del tren, como le habían pedido.

Hércules Poirot se bajó de él. Parecía un dandi, y llevaba zapatos de charol.

El doctor le escrutó ansiosamente el rostro, pero Hércules Poirot no daba a entender nada.

—He hecho todo cuanto he podido para conseguir respuestas a sus preguntas —dijo el médico—. En primer lugar, Mary Gerrard partió para Londres el 10 de julio. En segundo lugar, yo no tengo ningún ama de llaves; cuidan de mi casa un par de criadas. Creo que usted se refiere a la señora Slattery, que era el ama de llaves del doctor Ransome, mi predecesor. Puedo presentársela; esta misma mañana si lo desea. He dispuesto que no salga de su casa.

—Sí, creo que sería mejor verla a ella primero.

—Luego dijo usted que quería ir a Hunterbury. Lo acompañaré. Es extraño que no haya estado ya allí. No acierto a comprender por qué no fue la primera vez que estuvo aquí. Yo diría que, en un caso como este, lo primero era visitar el lugar del crimen.

—¿Por qué? —preguntó Hércules Poirot ladeando un poco la cabeza.

UN TRISTE CIPRÉS

—¿Por qué? —exclamó Peter Lord algo desconcertado—. ¿No es lo habitual?

—¡No se practica una investigación con un libro de texto en la mano! Se emplea la propia inteligencia natural.

—Podía haber encontrado alguna pista allí —observó el doctor.

—Lee usted demasiadas novelas policiacas —dijo Poirot con un suspiro—. En este país la policía es formidable. No tengo la menor duda de que habrán buscado concienzudamente por la casa y sus alrededores.

—Sí, en busca de pruebas contra Elinor Carlisle; no de pruebas a su favor.

—¡Mi querido amigo, la policía no es ningún monstruo! Detuvieron a Elinor Carlisle porque había suficientes pruebas en contra de ella; pruebas muy serias. Era inútil que yo recorriese el mismo terreno que la policía ya había investigado.

—Pero ¿usted quiere ir allí ahora? —objetó Peter.

Hércules Poirot asintió.

—Sí, ahora es necesario. Porque ahora sé exactamente lo que busco. Uno debe ponerse de acuerdo con las células del cerebro antes de emplear los ojos.

—Entonces, ¿usted cree que aún puede haber alguna cosa allí?

—Se me ha ocurrido que tal vez encuentre allí algo, sí —dijo Poirot cortésmente.

—¿Algo que demuestre la inocencia de Elinor?

—¡Ah, no he dicho tal cosa!

Peter Lord se detuvo en seco.

—¿Quiere usted decir que todavía cree que ella es culpable?

—Tiene usted que esperar, *mon cher*, antes de recibir una respuesta a esa pregunta —dijo Poirot con gravedad.

AGATHA CHRISTIE

II

Poirot almorzó con el doctor en una agradable habitación cuadrada con una ventana que daba al jardín.

—¿Consiguió usted lo que quería de la señora Slattery? —preguntó Lord.

—Sí.

—¿Para qué la quería usted ver?

—¡Para chismorrear! Para hablar de los viejos tiempos. Algunos crímenes tienen sus raíces en el pasado. Y creo que este es uno de ellos.

—No entiendo una palabra de lo que dice —dijo irritado el doctor.

—Este pescado está fresquísimo —respondió Poirot con una sonrisa.

—¡Como que lo he pescado yo mismo antes del desayuno!... —repuso Lord impaciente—. Dígame, Poirot... ¿No puedo saber qué es lo que pretende usted hacer? ¿Por qué no me lo dice?

El detective movió la cabeza.

—Porque aún no sé nada en concreto. Siempre, por dondequiera que mire, llego a la conclusión de que nadie tenía motivos para matar a Mary Gerrard..., excepto Elinor Carlisle.

—Eso tampoco puede usted asegurarlo... Recuerde que Mary estuvo algún tiempo en el extranjero.

—Sí. Ya he practicado algunas investigaciones.

—¿Ha estado usted en Alemania?

—¿Yo?... No. —Tras soltar una risita, añadió—: Tengo mis espías.

—¿Y da usted crédito a todo lo que ellos le digan?

—Naturalmente. Son personas de fiar, y, como comprenderá, no voy a ponerme a ir de acá para allá como

194

UN TRISTE CIPRÉS

un aficionado pudiendo hacerlo por mí un profesional por una suma modestísima, y con más conocimientos del país de los que yo nunca podré adquirir. Le aseguro, *mon cher ami*, que tengo varios ases en la manga. Además, poseo algunos ayudantes utilísimos; entre ellos, un antiguo ladrón.

—¿Y para qué lo necesita?

—La última vez que requerí sus servicios fue para practicar un registro en el piso de monsieur Welman.

—¿Qué buscaba allí?

Poirot sonrió.

—¡Siempre me gusta saber las mentiras que me cuentan!

—¿Le mintió Welman?

—En efecto.

—¿Quién más le ha mentido?

—Todos, me parece. La enfermera O'Brien, románticamente. Mademoiselle Hopkins, con obstinación. Madame Bishop, con mala idea. Usted mismo...

—¡Santo Dios! —lo interrumpió el doctor, perdiendo algo las formas—. ¿De verdad cree usted que le he mentido?

—Todavía no —reconoció Poirot.

El doctor Lord se hundió en su asiento y dijo:

—Es usted un incrédulo incorregible, Poirot. —Luego prosiguió—. Si ha terminado, ¿qué le parece si vamos a Hunterbury?... Tengo unos enfermos por allí y he de pasar por la clínica.

—Estoy a su disposición, *mon ami*.

Emprendieron la marcha andando y se adentraron en los terrenos de Hunterbury por la parte trasera. A la mitad del camino encontraron a un joven alto y bien parecido que empujaba una carretilla. Se quitó la gorra respetuosamente al ver al doctor Lord.

—Buenos días, Horlick. Este es Horlick, el jardinero, Poirot. Estaba trabajando aquí aquella mañana.

—En efecto, señor —dijo Horlick—. Vi a la señorita Elinor y estuve hablando con ella.

—¿Qué le dijo? —preguntó Poirot.

—Me dijo que ya casi había vendido la casa, y yo me llevé un disgusto... Pero la señorita me aseguró que me recomendaría al mayor Somervell y que él seguiría teniéndome a su servicio si no le parecía demasiado joven, pues yo le dije que deseaba continuar de primer jardinero, ya que he trabajado bastante tiempo con el señor Stephens.

—¿Notó usted en ella algo extraño? —preguntó el doctor Lord.

—No... Es decir, sí... Parecía muy nerviosa..., como si tuviera algo en la cabeza.

—¿Conocía usted a Mary Gerrard? —preguntó Poirot.

—Sí, señor..., pero no muy bien.

—¿Cómo era?

Horlick parecía perplejo.

—¿Cómo...? No le comprendo bien, señor.

—Quiero decir qué clase de chica era.

—Pues... una chica estupenda... Hablaba muy bien y era buena y honrada... Tal vez se daba demasiados aires... La señora Welman, que en paz descanse, le cogió mucho cariño... En cambio, su padre no la mimaba demasiado...

—Por lo que he oído, el viejo Gerrard tenía muy mal genio, ¿eh? —dijo Poirot.

—No le han engañado, no. Siempre estaba gruñendo y maldiciendo... Eran raras las veces en que nos hablaba como Dios manda.

Poirot asintió.

UN TRISTE CIPRÉS

—Dice usted que se encontraba aquí aquella mañana. ¿Dónde estaba trabajando?

—Pasé casi todo el tiempo en el huertecillo.

—¿Podía ver la casa desde allí?

—No, señor.

El doctor Lord intervino.

—Si alguien hubiese venido a la casa... y se hubiese asomado a la ventana de la trascocina..., ¿lo habría visto usted?

—No, señor.

—¿Cuándo se marchó a comer?

—A la una aproximadamente.

—¿Y no vio usted nada..., a ningún hombre... o un coche... o algo así?

Las cejas del jardinero se arquearon, sorprendido.

—¿Al otro lado de la verja?... Vi su coche..., pero nada más.

—¿Mi coche?... ¡Imposible!... —gritó Peter Lord—. ¡Se ha equivocado usted!... Yo iba en dirección a Withenbury aquella mañana y no regresé hasta después de las dos.

Horlick parecía perplejo.

—Casi podría asegurar que era su coche, señor —dijo titubeando.

—Está bien, Horlick —se apresuró a decir Lord—. No se preocupe... Adiós.

Poirot y él continuaron la marcha. Horlick se los quedó mirando fijamente; luego reemprendió su camino con la carretilla.

—Algo... al fin —dijo Peter Lord con suavidad, pero visiblemente emocionado—. ¿De quién sería el automóvil que había en la calzada?

—¿De qué marca es su automóvil, doctor? —preguntó Poirot con los ojos semicerrados.

—Ford... Un Ford 10, de color verdemar... Hay muchos iguales por aquí...

—¿Y está seguro de que no era el suyo? ¿No se habrá confundido en la fecha?

—No, no... Aquel día, precisamente, estuve en Withenbury. Volví tarde y estaba tomando un bocado cuando recibí la llamada telefónica en que me anunciaron lo de Mary.

—Entonces, *mon ami*, me parece que hemos llegado por fin a algo tangible.

—Alguien estuvo aquí aquella mañana..., alguien que no era Elinor Carlisle ni Mary Gerrard ni la enfermera Hopkins...

—Es muy interesante... —murmuró Poirot—. Vamos a hacer nuestras investigaciones. Veamos, por ejemplo, cómo se las arreglaría un hombre, o una mujer, que quisiera acercarse a la casa sin que lo viesen.

La senda que seguían se dividía en dos poco antes de llegar a la casa. Tomaron la de la derecha, y, en una curva, Peter Lord asió el brazo de Poirot mientras señalaba una ventana.

—Esa es la ventana de la trascocina, donde Elinor hizo los bocadillos.

—Y desde aquí cualquiera pudo observarla sin que ella se diese cuenta. La ventana estaba abierta, ¿verdad?

—De par en par... Era un día muy caluroso.

—Si alguien deseaba vigilar sin ser visto, ningún sitio mejor que este —murmuró pensativo Poirot.

Los dos hombres se pusieron a buscar.

—Aquí hay un lugar..., tras estos arbustos..., donde se ven algunas plantas pisoteadas, aunque ya han vuelto a crecer, como puede usted ver.

Poirot se acercó.

UN TRISTE CIPRÉS

—Sí, este es un buen sitio. No se ve desde el sendero, y ese claro entre los arbustos proporciona una excelente vista de la ventana. Ahora bien, ¿qué estuvo haciendo nuestro desconocido? ¿Fumó, tal vez?

Se agacharon para examinar el terreno separando las hojas y las ramitas. De pronto, Poirot soltó una exclamación de sorpresa:

—*Parbleu!*

—¿Qué le ocurre?

—Una caja de cerillas vacía, *mon ami*. Una caja de cerillas húmeda que estaba casi enterrada en este lugar.

Con infinitas precauciones, la recogió con el pañuelo y la envolvió en una hoja de papel blanco que sacó del bolsillo.

—¡Es extraño!... ¡Son cerillas alemanas! —exclamó Peter Lord.

—Y Mary Gerrard había estado en Alemania no hacía mucho...

—¡Ya tenemos una pista clara!... ¡No me lo negará! —dijo el médico, satisfecho.

—Tal vez...

—Pero, hombre..., ¿quién, de estos lares, pudo traer cerillas alemanas hasta aquí?

—Cierto..., cierto...

Con una expresión de perplejidad en los astutos ojos, el detective contempló la ventana desde el sitio en que se hallaba.

—No me parece todo tan sencillo como usted cree. Hay una gran dificultad. ¿No la ve usted mismo?

—No. Dígame cuál...

Poirot suspiró.

—Venga...

AGATHA CHRISTIE

Llegaron junto a la casa. Peter Lord sacó una llave y abrió la puerta trasera.

Atravesando los lavaderos, llegaron a la cocina y luego se detuvieron en un pasillo; a un lado había un guardarropa, y al otro estaba la trascocina. Los dos hombres entraron en esta última y miraron a su alrededor.

Observaron las alacenas protegidas con puertas de cristal. Vieron un hornillo de gas y dos ollas; en uno de los estantes, otros tantos botes marcados con las palabras *té* y *café*. Había un fregadero, un escurreplatos y un barreño. Frente a la ventana se hallaba una mesa.

—En esta mesa fue donde Elinor Carlisle preparó los bocadillos —dijo el médico—. Encontraron el fragmento de la etiqueta del tubo de morfina en esta hendidura del suelo, debajo del fregadero.

—Los policías hacen bien los registros —apuntó Poirot pensativo—. No suelen perderse nada.

—No hay la menor prueba de que Elinor cogiese el tubo —dijo Lord con vehemencia—. Le aseguro que alguien la estuvo observando desde fuera. Cuando ella salió para dirigirse a la casa del guarda, la persona que la acechaba vio su oportunidad, entró, abrió el tubo, pulverizó unas tabletas de morfina y las echó en el bocadillo de encima. No se dio cuenta, con las prisas, de que había caído un trozo de etiqueta debajo del fregadero. Luego salió con rapidez, subió al coche que lo esperaba y desapareció.

Poirot suspiró.

—¡Cuán obtuso puede llegar a ser un hombre inteligente cuando no quiere ver!

—¿No cree usted que alguien estuvo vigilándola desde allí? —preguntó Lord airadamente.

—Sí, lo creo.

UN TRISTE CIPRÉS

—Entonces vamos a intentar averiguar quién fue.

—No tendremos que ir muy lejos... —murmuró Poirot.

—¿Quiere usted decir que lo sabe?

—Estoy casi seguro.

—Entonces, es que sus agentes en Alemania averiguaron algo...

Hércules Poirot se llevó los dedos a la frente, tamborileó sobre ella y dijo:

—Todo está aquí, *mon cher*: en mi cabeza. Vamos a dar una vuelta por la casa.

III

Entraron en la habitación donde había muerto Mary Gerrard.

Una atmósfera extraña los rodeaba... Parecía llena de recuerdos... Peter Lord abrió una de las ventanas.

—Me da la impresión de que estoy en una tumba... —dijo con un estremecimiento.

—Si las paredes pudiesen hablar... —murmuró Poirot—. Aquí se inició todo, aquí terminó todo... —Hizo una pausa y prosiguió—: Fue en esta habitación donde murió Mary Gerrard...

—La encontraron sentada en aquel sillón, junto a la ventana...

—Una joven bella..., ¿romántica?... ¿Capaz de maquinar una intriga? —dijo Poirot pensativamente—. ¿Se daba aires de grandeza? ¿Era gentil y dulce, sin mala intención..., una joven que empezaba a vivir..., una muchacha grácil y hermosa como una flor?

—Fuera lo que fuese —dijo el doctor Lord—, alguien deseaba su muerte.

AGATHA CHRISTIE

—Me pregunto... —murmuró Poirot.

Lord lo miró fijamente.

—¿Qué quiere decir?

Poirot negó con la cabeza.

—Todavía no ha llegado la hora de hablar. —Giró sobre los talones—. Ya hemos estado en la casa... No nos queda nada por ver aquí... Vamos a la casa del guarda.

También allí estaba todo en orden: las habitaciones, cubiertas de polvo, pero vacías de objetos. Permanecieron allí pocos minutos. Cuando volvieron al aire libre, Poirot tocó las hojas de un rosal que crecía por una celosía. Eran de color rosa y exhalaban un aroma intenso.

—¿Conoce usted el nombre de esta rosa?... Es la *Zéphirine Drouhin, mon ami*.

—Bueno, ¿y qué? —exclamó Lord irritado.

—Cuando vi a Elinor Carlisle, me habló de rosas. Fue entonces cuando empecé a ver... no con claridad diurna, sino con ese leve resplandor que observamos en un tren cuando estamos a punto de salir de un túnel... Es el preludio de la absoluta claridad.

—¿Qué es lo que le dijo? —preguntó Peter Lord con aspereza.

—Me habló de su infancia..., de cuando jugaba aquí, en este jardín, y entablaba batallas encarnizadas con su primo Roderick. Su enemistad consistía en que a él le gustaban las rosas blancas de la Casa de York, frías y austeras, y ella, según me dijo, prefería las rojas, las rosas sangrantes de los Lancaster. Las rosas carmesíes, que tienen fragancia, color, pasión y calor... Y esa, *mon cher*, es la diferencia entre Elinor Carlisle y Roderick Welman.

—Y eso... ¿explica algo?

—Eso explica que Elinor Carlisle..., que es apasionada

UN TRISTE CIPRÉS

y orgullosa, amara desesperadamente a un hombre que no era capaz de corresponderla... —murmuró Poirot.

—No... no lo... comprendo —tartamudeó el médico.

—Pero yo sí comprendo..., sí la comprendo a ella. Los comprendo a los dos. Volvamos a aquel claro entre los arbustos.

Cuando llegaron, Poirot se quedó inmóvil unos instantes. El doctor Lord no le quitaba los ojos de encima. El detective suspiró profundamente y dijo:

—Es tan simple, en realidad... ¿No se da cuenta, *mon ami*, de que su razonamiento es como un sofisma? Según su teoría, alguien, un hombre que había conocido a Mary Gerrard en Alemania, vino con el propósito de matarla. Pero ¡mire, *mon ami*, mire! Use sus ojos físicos, ya que es incapaz de ver con los de la mente. ¿Qué ve desde aquí? Una ventana, ¿verdad? Y en aquella ventana..., una joven. Una joven que prepara unos bocadillos... Es decir, Elinor Carlisle. Ahora piense un momento en lo siguiente: ¿cómo pudo saber el hombre que acechaba que aquellos bocadillos estaban destinados a Mary Gerrard? Nadie lo sabía..., excepto Elinor Carlisle... Mary Gerrard y la enfermera Hopkins también lo ignoraban.

Hizo una pausa, y prosiguió:

—Así pues, si damos por bueno que aquí hubo un hombre que acechaba a Elinor Carlisle, ¿qué podía pensar al cometer ese acto de envenenar el bocadillo? No podía pensar más que era la propia Elinor Carlisle la que se proponía comérselos.

Capítulo 13

Poirot llamó a la puerta de la vivienda de la enfermera Hopkins, que le abrió con la boca llena del bollo que se estaba comiendo.

Se lo tragó al ver al detective, y le preguntó con brusquedad:

—¿Qué quiere ahora?

—¿Puedo entrar?

Un poco a regañadientes, la enfermera se apartó, dejando la entrada libre. Desapareció, y un minuto más tarde Poirot miraba con aire de desconfianza una taza de un brebaje negro y humeante.

—Acabo de hacerlo ahora..., bien cargadito —dijo la enfermera.

Poirot movió el té con precaución, y al fin sorbió un trago heroicamente.

—¿No adivina usted a lo que he venido? —preguntó.

—La verdad es que no... Soy incapaz de leer el pensamiento de los demás.

—He venido a que me diga la verdad.

La enfermera Hopkins se levantó con los ojos llameantes de cólera.

—¿Qué quiere usted decir con eso? ¡Siempre he dicho la verdad!... Dije lo del tubo de morfina, cuando cualquiera, en mi lugar, se lo habría callado. Sabía que me amones-

UN TRISTE CIPRÉS

tarían por negligencia y, sin embargo, hablé. Y es una cosa que le puede ocurrir a cualquiera. Y me perjudicará en mi profesión, se lo aseguro. Pero no me importa; lo dije porque creí que era mi deber. He dicho todo lo que sabía del asesinato de Mary Gerrard... A sabiendas, no he ocultado nada..., nada. Estoy dispuesta a jurarlo ante el tribunal.

Poirot no intentó interrumpirla. Sabía demasiado bien cómo debía tratar a una mujer colérica. Permaneció silencioso hasta que la enfermera se calmó y volvió a tomar asiento.

Entonces habló con voz suave y persuasiva.

—No tengo la menor duda de que ha dicho ya todo lo que sabía respecto al crimen.

—¿Qué es, entonces, lo que pretende averiguar ahora?

—Quiero que me diga la verdad no sobre la muerte, sino sobre la vida de Mary Gerrard.

—¡Oh! —exclamó la enfermera, que pareció salir de una pesadilla abrumadora—. ¿Es eso...? Su vida no tiene nada que ver con su muerte...

—No he dicho que tuviese alguna relación... Lo único que me atrevo a sugerir es que usted sabe algo a ese respecto que no me ha querido confesar.

—¿Por qué había de hacerlo, si no tiene nada que ver con el crimen?

Poirot se encogió de hombros.

—¿Por qué no lo hace?

—Porque es un secreto que solo le concernía a ella, y ahora que está muerta no le interesa a nadie más.

—Si no son más que conjeturas, tal vez no. Pero si tiene usted la seguridad plena y absoluta de que ese secreto es cierto, entonces... es muy distinto.

—No sé con exactitud qué es lo que quiere decir —repuso la enfermera pausadamente.

205

AGATHA CHRISTIE

—Yo la ayudaré —murmuró Poirot—. La enfermera O'Brien me dijo algo. Luego sostuve una larga conversación con madame Slattery, que posee una memoria excelente para cosas que sucedieron hace mucho tiempo... Le diré exactamente todo lo que ha llegado a mi conocimiento. —Hizo una pausa, y prosiguió—: Hace veinte años hubo un enredo amoroso entre dos personas. Una era madame Welman, viuda desde hacía algunos años y mujer capaz de experimentar un amor profundo y apasionado. La otra, sir Lewis Rycroft, tenía la gran desgracia de que hubiesen recluido a su mujer en un manicomio, víctima de una enfermedad mental incurable. La ley, en aquellos tiempos, no admitía el divorcio en estos casos, y lady Rycroft, cuya salud era excelente, podía vivir hasta los noventa años. Se conocían las relaciones que unían a nuestros dos personajes, pero ambos eran discretos y supieron guardar las apariencias. Luego, sir Lewis Rycroft murió en la guerra.

—¿Y bien?

—He pensado que una niña nació después de la muerte de sir Rycroft, y que esa niña era Mary Gerrard.

—Por lo visto, lo sabe usted todo —dijo la enfermera Hopkins.

—Eso es lo que yo pienso —replicó Poirot con gravedad—. Pero tal vez usted tenga pruebas concretas.

La enfermera permaneció silenciosa, con el ceño fruncido, durante unos instantes. Al fin se levantó, cruzó la habitación y del cajón de una cómoda sacó un sobre; cerró el cajón y regresó junto a Poirot.

—Antes de nada le diré cómo llegó a mis manos —dijo al entregárselo—. Yo ya tenía mis sospechas: primero, por las muestras de afecto que la señora Welman le prodigaba a la chica, y luego, por las habladurías que corrían sobre ella. Además, el viejo Gerrard me dijo, cuando estuvo tan enfermo, que Mary no era su hija.

Se humedeció los labios y prosiguió:

—Cuando Mary murió, yo terminé de limpiar la casa del guarda, y en un cajón, entre la ropa del viejo, encontré esta carta. Si quiere puede leerla.

Poirot leyó el encabezamiento, escrito con tinta descolorida:

Para enviar a Mary después de mi muerte.

—Este escrito no es reciente —apuntó Poirot.

—No fue Gerrard quien lo escribió, sino la madre de Mary, que murió hace catorce años. Era para la joven, pero el viejo la guardó entre sus cosas, y ella nunca supo nada. Me alegro de que sucediera así, porque pudo vivir dignamente hasta el fin, sin tener que avergonzarse de nada. Luego, después de haberla leído, no me he atrevido a destruir el escrito, por temor a que pudiera servir de algo en un futuro. Pero léalo.

Poirot abrió el sobre y extrajo una hoja de papel, escrita con una letra cursiva y diminuta. Leyó:

He escrito aquí la verdad para el caso de que fuese necesario demostrarlo. Serví como doncella en casa de la señora Welman, en Hunterbury. Fue muy cariñosa conmigo. Tuve un desliz, y ella me aceptó de nuevo cuando regresé. Mi hija murió a los pocos días. Mi señora y sir Lewis Rycroft se amaban, pero no podían casarse porque él ya lo estaba y tenía a su mujer en un manicomio. Tuvo que partir para la guerra, y allí lo mataron. Poco después, mi señora me confesó que iba a tener un hijo. Nos fuimos a Escocia. En Ardlochrie dio a luz una niña. Bob Gerrard, que me había abandonado cuando descubrió que estaba embarazada, me escribió en aquellos días. Acordamos que Bob se colocara en Hunterbury y que nos casáramos; él creería que la niña era nuestra. Viviendo allí sería muy natural que la señora Welman se interesara por ella y atendiese a su educación. Ella pensaba que sería mejor para Mary ignorar la verdad. La señora Welman nos dio una gran suma de dinero, pero yo la habría ayudado sin necesidad de eso. He sido muy feliz con Bob, pero jamás ha querido a Mary. He callado siempre este secreto, pero creo que es necesario que a mi muerte tú lo sepas.

Eliza Gerrard (de soltera, Riley)

Hércules Poirot suspiró profundamente y volvió a doblar la carta.

—¿Qué hará usted ahora? —preguntó con ansiedad la enfermera Hopkins—. Los protagonistas de esa historia han muerto. Todo el mundo tenía una opinión inmejorable de la señora Welman en este lugar. Jamás se ha dicho nada en su contra. ¿Va usted a descubrir este secreto? Sería cruel divulgarlo. Daría lugar a un escándalo inimaginable. Mary era una joven excelente. ¿Para qué descubrir sus orígenes? Deje usted que los muertos descansen en su tumba.

—Debemos pensar en los vivos —dijo Poirot.

—Pero eso no tiene nada que ver con el asesinato.

—Tal vez sí tenga que ver..., y mucho —murmuró Poirot.

Salió de la casa, dejando a la enfermera Hopkins con la boca abierta.

Apenas había andado unos cien metros cuando notó que lo seguían apresuradamente. Se volvió y vio a Horlick, el joven jardinero de Hunterbury.

UN TRISTE CIPRÉS

Parecía la viva imagen de la indecisión y daba vueltas y más vueltas a la gorra que llevaba en las manos.

—Perdóneme, señor. ¿Me permite que le diga una palabra? —Horlick parecía atragantarse al hablar.

—Naturalmente que sí. Dígame...

Horlick retorció la gorra, miró al suelo, avergonzado, y dijo:

—Es sobre el coche.

—¿El coche que estaba al otro lado de la verja aquella mañana?

—Sí, señor. El doctor Lord dijo que el coche al que yo me refería no era el suyo, pero sí lo era.

—¿Cómo lo sabe?

—Por el número de la matrícula. Recuerdo que era MSS 2022. En el pueblo lo llamamos señorita Tou-Tou.* Estoy completamente seguro.

—Pero el doctor afirmó que estaba en Withenbury aquella mañana —dijo Poirot con una débil sonrisa.

—Sí, señor. Ya lo oí... Pero era su coche. Lo juraría.

—Gracias, Horlick; ha hecho bien en decírmelo —respondió Poirot.

---

* En inglés, «dos» es *two* (que se pronuncia «tu»), y «señorita», *miss*. De ahí la analogía entre la matrícula del coche y señorita Tou-Tou. (*N. del t.*)

TERCERA PARTE

Capítulo primero

I

¿Hacía calor en la sala del tribunal? ¿O hacía frío? Elinor Carlisle no podía decantarse ni por una cosa ni por la otra. Algunas veces experimentaba una sensación de asfixia. Otras, se estremecía y tiritaba de intenso frío.

No había oído el final del alegato del fiscal. Estaba pensando en el pasado. Recordando todo lo sucedido desde el día en que recibió aquella maldita carta.

Volvió a oír las palabras de aquel agente de policía, que le había dicho:

—Elinor Katherine Carlisle: tengo una orden de detención contra usted por el asesinato de Mary Gerrard, muerta por envenenamiento el pasado 27 de julio. Le advierto que todo cuanto haga o diga será recogido en el acta de acusación.

Horrible... horrible... Experimentó la sensación de que se hallaba entre los engranajes de una máquina recién lubricada, inhumana, insensible.

Allí estaba, ante cientos de ojos que la asaeteaban; ojos que no eran inhumanos, pero que clavaban en ella miradas que la hacían estremecer.

Solo el jurado no la miraba. Cohibidos, tenían la vista fija en el suelo. Ella pensó: «Seguramente es porque ya saben lo que van a decir...».

II

En aquel momento prestaba declaración el doctor Lord. ¿Era ese Peter Lord aquel doctor jovial y pecoso que había sido tan amable con ella en Hunterbury? Ahora había adoptado un porte frío. La gravedad profesional. Sus respuestas tenían un tinte monótono. Lo habían llamado por teléfono para que se presentara en Hunterbury. Demasiado tarde para hacer nada. Mary Gerrard murió al poco de su llegada. La muerte ocurrió, según su opinión, por envenenamiento por una variedad de morfina poco conocida, la llamada «fulminante».

Sir Edwin Bulmer se levantó, tosió ligeramente y se dispuso a interrogar al testigo.

—¿Era usted el médico de cabecera de la difunta señora Welman?

—Lo era.

—Durante sus visitas a Hunterbury el pasado junio, ¿tuvo ocasión de ver juntas a Mary Gerrard y a la acusada?

—Sí, señor. Varias veces.

—¿Cómo definiría la conducta de la acusada hacia Mary Gerrard?

—Completamente natural y amistosa.

—¿No observó jamás pruebas de esos celos irreprimibles de los que tanto hablan? —dijo Sir Edwin Bulmer con una sonrisa un tanto desdeñosa. Peter Lord levantó la mandíbula, desafiante, y dijo con firmeza:

—No.

UN TRISTE CIPRÉS

«Sí lo notó. Ha dicho una mentira por salvarme. Él lo sabía», pensó Elinor.

Al doctor Lord le sucedió el forense de la policía. Su testimonio fue más largo y detallado. La muerte se debió a envenenamiento por morfina de la variedad «fulminante». «¿Querría explicar ese término?» Lo hizo con verdadero placer. La muerte por envenenamiento debido a la morfina podía producirse de diferentes modos. El más común era un periodo de intensa excitación, seguido de somnolencia y narcosis, con contracción de las pupilas. Otro, menos común, era el caso en el que sobrevenía un sueño profundo, seguido de muerte al cabo de diez minutos aproximadamente; las pupilas se dilataban, por lo general...

III

El juicio se suspendió unos instantes. Poco después se volvió a abrir la sesión. Durante unas horas declararon varias eminencias médicas.

El doctor Alan García, distinguido analista, con gran profusión de términos científicos, se extendió en consideraciones sobre el contenido del estómago de la víctima: pan, paté de pescado, mantequilla, té, restos de morfina..., y añadió otras cosas ininteligibles. Calculaba la cantidad de morfina ingerida por la víctima en cuatro granos.* Uno solo habría sido ya mortal.

Sir Edwin se levantó y preguntó con amabilidad:

—Desearía que se explicara usted con más claridad.

---

* *Grains*, medida farmacéutica en desuso, equivalente a 0,065 gramos. *(N. del t.)*

Dice que encontró en el estómago pan, mantequilla, paté de pescado, té y morfina. ¿No había otros residuos de alimentos?

—No.

—Lo cual quiere decir que la muerta no había tomado más que los bocadillos y el té desde hacía mucho tiempo.

—Precisamente.

—¿Podría demostrarse cuál fue el medio empleado para administrar el veneno?

—No comprendo lo que quiere decir.

—Simplificaré la cuestión. ¿Pudo mezclarse la morfina con cualquiera de los elementos que se encontraron en el estómago de la víctima?

—Así es.

—¿No puede demostrarse que la morfina fuese administrada mediante el paté y no con cualquiera de los otros medios?

—No.

—La morfina también pudo ser ingerida por separado, es decir, sin utilizar ninguno de los medios mencionados. ¿Pudo serle administrada en forma de tableta?

—Naturalmente.

Sir Edwin se sentó sonriente.

Sir Samuel volvió a interrogar.

—Pero usted cree que, cualquiera que fuese el medio empleado, la morfina fue ingerida al mismo tiempo que los alimentos, ¿no es así?

—Sí.

—Muchas gracias.

IV

El inspector Brill prestó juramento con fluidez mecánica. Permaneció de pie como un soldado, imperturbable, declarando con la facilidad que da la práctica.

—Me ordenaron que fuese a la casa. La acusada me dijo: «Debe de haber sido por culpa del paté». Encontré un frasco vacío, pero que había sido lavado cuidadosamente, y otro a medias. En un registro posterior de la cocina encontré un trozo de papel en una hendidura, debajo del fregadero.

El jurado inspeccionó la prueba.

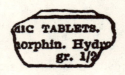

—¿Qué creyó que era?
—Un fragmento de una etiqueta impresa, como las que usan en los tubos de morfina.

El abogado defensor se levantó e inició su turno de preguntas.

—¿Encontró usted ese fragmento en una hendidura del suelo?
—Sí.
—¿Es un trozo de etiqueta?
—Sí.
—¿Consiguió usted hallar el resto?
—No.
—No encontró ningún tubo de vidrio ni botella alguna al que pudiera estar adherida la etiqueta, ¿no es así?
—En efecto, no lo encontré.

AGATHA CHRISTIE

—¿En qué estado se hallaba ese trozo de papel cuando usted lo vio: limpio o sucio?

—Era reciente.

—¿Qué quiere usted dar a entender con «reciente»?

—Que tenía un poco de polvo; pero, por lo demás, estaba limpio.

—¿No pudo haber estado allí desde hacía tiempo?

—No.

—¿Puede usted asegurar que cayó allí el mismo día en que usted lo encontró... y no antes?

—Sí.

Con un gruñido, sir Edwin se sentó en su silla.

V

Entonces subió al estrado la enfermera Hopkins. Tenía la cara de color púrpura, pero no estaba nerviosa.

«Sin embargo, la enfermera no me causa tanto miedo como el inspector Brill», pensó Elinor. Era la falta de humanidad del inspector lo que la paralizaba. Se veía tan claramente que no era más que una parte de la gran máquina... La enfermera tenía pasiones humanas, prejuicios...

—¿Se llama usted Jessie Hopkins?

—Sí.

—¿Es usted enfermera titulada de distrito y reside en Rose Cottage, en Hunterbury?

—Sí.

—¿Dónde se hallaba usted el 28 de junio pasado?

—En Hunterbury.

—¿La habían llamado para que fuese allí?

—La señora Welman tuvo un ataque..., el segundo.

UN TRISTE CIPRÉS

Fui para ayudar a la enfermera O'Brien hasta que encontraran a una segunda enfermera.

—¿Llevaba usted un maletín pequeño?

—Sí.

—Dígale usted al jurado lo que había en él.

—Vendas, gasas, una jeringuilla y ciertos medicamentos, incluido un tubo de hidrocloruro de morfina.

—¿Con qué objeto lo tenía allí?

—Tenía que poner a uno de mis enfermos dos inyecciones diarias: mañana y tarde.

—¿Qué contenía el tubo?

—Unas veinte tabletas, cada una con medio grano de hidrocloruro de morfina.

—¿Qué hizo usted con el maletín?

—La dejé en el recibidor.

—Eso fue la noche del 28. ¿Cuándo volvió usted a mirar el maletín?

—A la mañana siguiente, a eso de las nueve, cuando me disponía a salir de la casa.

—¿Echó de menos alguna cosa?

—El tubo de morfina.

—¿Mencionó usted esa pérdida?

—Le hablé de ello a la señorita O'Brien, la enfermera que cuidaba a la paciente.

—¿Ese maletín estaba en el recibidor, por donde la gente solía entrar y salir?

—Sí.

Sir Samuel hizo una pausa antes de añadir:

—¿Conocía íntimamente a la difunta Mary Gerrard?

—Sí.

—¿Qué opinión tenía usted de ella?

—Era una joven muy simpática... y muy buena.

—¿De carácter alegre?

219

—Muy alegre.

—¿Tenía algún problema?

—Que yo sepa, no.

—Cuando murió, ¿había alguna cosa que le preocupase sobre su futuro?

—Nada.

—¿No tenía ningún motivo para haberse suicidado?

—En absoluto.

Siguió la historia de cómo la enfermera Hopkins acompañó a Mary a la casa del guarda, la aparición de Elinor, su estado de excitación, la invitación a tomar los bocadillos, el plato ofrecido primero a Mary... Que Elinor no solo se ofreciera a secar los platos, sino que metiera el frasco en el barreño, y luego que le pidiera a la enfermera que subiese con ella al cuarto y la ayudase a clasificar las ropas.

Hubo frecuentes interrupciones y objeciones por parte de sir Edwin Bulmer.

«Sí, es cierto..., y ella lo cree —pensó Elinor—. Ella está segura de que yo lo hice. Y todo lo que dice, palabra por palabra, es la pura verdad; eso es lo que resulta más horrible. Todo es verdad.»

Una vez más, al mirar en torno a la sala, vio el rostro de Hércules Poirot observándola pensativo, casi bondadosamente. Él sabía tantas cosas...

Le entregaron a la testigo la cartulina con el pedazo de etiqueta.

—¿Sabe usted lo que es esto?

—Un pedazo de etiqueta.

—¿Puede usted decir al jurado qué clase de etiqueta?

—Sí, es parte de la etiqueta de un tubo de tabletas de morfina. Tabletas de medio grano, como el tubo que yo perdí.

UN TRISTE CIPRÉS

—¿Está usted segura?

—Por supuesto que estoy segura. Es la etiqueta de mi tubo.

—¿Hay alguna señal especial por la cual pueda usted identificar que es la etiqueta del tubo que perdió? —preguntó el juez.

—No, señor, pero debe de ser la misma.

—Entonces, ¿todo cuanto puede decir es que es exactamente igual?

—Sí, eso es lo que quiero decir.

Se levantó la sesión.

Capítulo 2

I

Era otro día.

Sir Edwin Bulmer estaba de pie, en su turno de preguntas. Ya no hablaba con suavidad.

—Ese maletín del que tanto hemos oído hablar, ¿lo dejó en el recibidor de Hunterbury el 28 de junio toda la noche? —dijo con aspereza.

La enfermera Hopkins asintió.

—Fue una negligencia por su parte, ¿no?

La señorita Hopkins se sonrojó.

—Sí, supongo que sí.

—¿Tiene usted la costumbre de dejar medicamentos peligrosos abandonados por cualquier parte, donde cualquier persona pueda cogerlos?

—No, desde luego que no.

—¡Ah! ¿No? Pero ¿lo hizo en esa ocasión?

—Sí.

—Y cualquiera de la casa, de haberlo querido, podía haber cogido esa morfina, ¿no es verdad?

—Supongo que sí.

—Nada de suposiciones. ¿Es así o no?

—Sí.

—La señorita Carlisle no fue la única persona que

UN TRISTE CIPRÉS

pudo haberla cogido. Cualquiera de las criadas pudo hacerlo. O el doctor Lord. O el señor Roderick Welman. O la enfermera O'Brien. O la misma Mary Gerrard.

—Supongo que sí.

—Es así, ¿no es cierto?

—Sí.

—¿Había alguien que supiera que usted tenía morfina en el maletín?

—Lo ignoro.

—¿Habló usted con alguien de ello?

—No.

—Así que, en realidad, la señorita Carlisle no podía saber que allí había morfina.

—Podría haber mirado para comprobarlo.

—Eso es muy improbable, ¿no?

—Lo ignoro.

—Había algunas personas que tenían más posibilidades que la señorita Carlisle de saber que allí había morfina. Por ejemplo, el doctor Lord. Él, seguramente, lo sabía. Usted administraba esa morfina bajo sus órdenes, ¿no es cierto?

—Desde luego.

—¿Mary Gerrard también sabía que usted tenía esa morfina allí?

—No, no lo sabía.

—Ella solía ir a su casa, ¿no es cierto?

—No muy a menudo.

—Por lo que sé, iba allí con mucha frecuencia, y, de entre toda la gente de la casa, era la que más probablemente podía saber que en su maletín había morfina.

—No estoy de acuerdo.

Sir Edwin Bulmer hizo una pausa.

223

—¿Dijo usted a la señorita O'Brien por la mañana que la morfina había desaparecido?

—Sí.

—Supongo que lo que usted realmente le dijo fue lo siguiente: «He dejado la morfina en casa. Tendré que ir a buscarla».

—No, no dije eso.

—¿No sugirió usted que había dejado la morfina sobre la repisa de la chimenea de su casa?

—Cuando no la encontré, pensé que eso era lo que había ocurrido.

—¡En realidad, usted ignoraba lo que había hecho con ella!

—Yo sabía lo que había hecho con ella. La puse en el maletín.

—En ese caso, ¿por qué sugirió la mañana del 29 de junio que la había dejado en su casa?

—Porque pensé que podía haberla dejado allí.

—Da la impresión de que es usted una mujer muy descuidada.

—No es cierto.

—A veces, hace usted declaraciones inexactas, ¿no?

—No. Tengo mucho cuidado con lo que digo.

—¿Hizo usted una observación acerca de un pinchazo de un rosal el 27 de julio, el día de la muerte de Mary Gerrard?

—¡No veo que eso tenga alguna relación con lo sucedido!

—¿Es eso pertinente, sir Edwin? —intervino el juez.

—Sí, señoría; es una parte esencial de la defensa, y tengo la intención de llamar a algunos testigos para demostrar que esa declaración era falsa. ¿Insiste usted en que se pinchó la muñeca con un rosal el 27 de julio?

UN TRISTE CIPRÉS

—Sí.

La enfermera Hopkins tenía un aire retador.

—¿Cuándo?

—Poco antes de salir de la casa del guarda, al subir a la casa principal, en la mañana del 27 de julio.

Sir Edwin adoptó un aire escéptico.

—¿Y qué rosal fue ese?

—Uno que hay fuera de la casa del guarda, con flores rosas.

—¿Está usted segura?

—Completamente.

Sir Edwin hizo una pausa antes de preguntar:

—¿Insiste en decir que la morfina estaba en el maletín cuando fue usted a Hunterbury el 28 de junio?

—Sí. La llevaba encima.

—¿Y si la enfermera O'Brien sale a declarar y jura que usted dijo que probablemente la dejó en casa?

—Estaba en mi maletín. Estoy segura.

Sir Edwin suspiró.

—¿No se puso nerviosa cuando notó que la morfina había desaparecido?

—No.

—¡Ah!, ¿estaba usted completamente tranquila, a pesar de que una gran cantidad de un medicamento peligroso había desaparecido?

—No pensé en aquel momento que alguien la hubiese cogido.

—Comprendo. Simplemente que usted no recordaba de momento lo que había hecho con esa morfina.

—Sí que lo sabía: estaba en el maletín.

—Veinte tabletas de medio grano, es decir, diez granos de morfina. Lo bastante para matar a varias personas, ¿no es verdad?

225

—Sí.

—Pero usted no se siente intranquila y ni siquiera comunica de forma oficial la pérdida.

—Pensé que no ocurriría nada.

—Si la morfina realmente hubiese desaparecido de la manera en que desapareció, usted estaba obligada a comunicar la pérdida de manera oficial.

—Pues no lo comuniqué —dijo la enfermera Hopkins con el rostro enrojecido.

—Seguramente eso constituya una negligencia... Al parecer, no se toma usted muy en serio sus responsabilidades. ¿Pierde usted con frecuencia esos medicamentos peligrosos?

—Nunca me había sucedido tal cosa.

El interrogatorio continuó durante algunos minutos.

La enfermera Hopkins, con el rostro arrebolado, vacilaba, se contradecía... Era una presa fácil para un hombre tan hábil como sir Edwin.

—¿Es cierto que el jueves 6 de julio la difunta Mary Gerrard dictó su testamento?

—Sí.

—¿Por qué lo hizo?

—Porque creyó que era una cosa conveniente. Y lo era.

—¿Está segura de que no fue porque estaba deprimida y se sentía insegura respecto a su futuro?

—Tonterías.

—Es una prueba de que la idea de la muerte estaba presente en su mente, de que pensaba en ello.

—En absoluto. Simplemente, creyó que era lo más apropiado.

—¿Es este el testamento? ¿Firmado por Mary Gerrard, con Emily Biggs y Roger Wade, dependientes de la

UN TRISTE CIPRÉS

pastelería, como testigos, y en el que dejaba todo cuanto poseía a Mary Riley, hermana de Eliza Riley?

—Eso es.

Se lo entregaron al jurado.

—Que usted supiera, ¿tenía Mary Gerrard alguna propiedad, alguna fortuna que legar?

—En ese momento, no.

—Pero ¿iba a tenerla pronto?

—Sí.

—¿No es cierto que la señorita Carlisle iba a dar a Mary Gerrard una cantidad considerable de dinero, algo así como dos mil libras esterlinas?

—Sí.

—¿No había nada que obligara a la señorita Carlisle a hacerlo? ¿Fue un simple gesto de generosidad por su parte?

—Sí, lo hizo voluntariamente, sin estar obligada a ello.

—Pero, seguramente, si odiaba a Mary Gerrard, como se ha sugerido, no le habría dado voluntariamente una cantidad de dinero tan importante.

—Eso es según como se vea.

—¿Qué quiere decir usted con eso?

—No quiero decir nada.

—Exacto. ¿Ha oído usted algún rumor acerca de Mary Gerrard y del señor Roderick Welman?

—Él estaba enamorado de ella.

—¿Tiene usted alguna prueba de esa afirmación?

—Simplemente lo sé; eso es todo.

—¡Ah! Usted simplemente lo sabe. Eso al jurado no le va a sonar muy convincente. ¿Contó usted en una ocasión que Mary no quiso saber nada de él porque estaba prometido con la señorita Elinor, y que así se lo dijo también cuando él fue a verla a Londres?

—Eso es lo que ella me contó.

Sir Samuel Attenbury inició su turno de repreguntas.

—Cuando Mary Gerrard hablaba con usted sobre los términos del testamento, ¿vieron a la acusada mirando por la ventana?

—Sí, en efecto.

—¿Qué dijo la acusada?

—Dijo: «¿De manera que está haciendo testamento, Mary? Es cómico. Muy cómico...». Y se rio. En mi opinión —dijo la testigo con malicia—, fue en ese momento cuando se le ocurrió la idea. ¡La idea de matar a la joven! ¡En aquel momento, ya llevaba el crimen en su corazón!

—Limítese a contestar a las preguntas que se le hagan —la cortó el juez ásperamente—. No se tendrá en cuenta la última parte de la respuesta.

«¡Qué extraño! Cuando alguien dice la verdad, no se tiene en cuenta...», pensó Elinor. Y estuvo a punto de echarse a reír.

II

La enfermera O'Brien pasó a declarar.

—En la mañana del 29 de junio, ¿le comunicó alguna cosa la señorita Hopkins?

—Sí. Me dijo que le había desaparecido del maletín un tubo de morfina.

—¿Qué hizo usted?

—La ayudé a buscarlo.

—Pero ¿no lo encontraron?

—No.

—Que usted sepa, ¿estuvo el maletín en el recibidor durante la noche?

UN TRISTE CIPRÉS

—Sí.

—El señor Welman y la acusada, ¿se encontraban en la casa cuando murió la señora Welman, es decir, la noche del 28 al 29 de junio?

—Sí.

—¿Quiere usted referir un incidente ocurrido el 29 de junio, el día siguiente al de la muerte de la señora Welman?

—Vi al señor Roderick Welman con Mary Gerrard. Él le decía que la amaba, e intentó besarla.

—¿Estaba prometido entonces con la acusada?

—Sí.

—¿Qué sucedió después?

—Mary le dijo que debería avergonzarse de hacer semejante cosa cuando estaba prometido con la señorita Elinor.

—En su opinión, ¿cuáles eran los sentimientos de la acusada hacia Mary Gerrard?

—La odiaba. La solía mirar como si quisiera matarla.

Sir Edwin se puso en pie de un salto.

«¿Por qué discuten sobre esto? ¿Qué importancia tiene?», pensó Elinor.

Sir Edwin Bulmer pasó a preguntar a la testigo.

—¿No es cierto que la enfermera Hopkins le dijo que creía que había dejado la morfina en su casa?

—Verá usted: fue de este modo. Después...

—Haga el favor de responder a mi pregunta. ¿No dijo la enfermera Hopkins que era probable que hubiera dejado la morfina en su casa?

—Sí.

—Entonces, ¿ella no estaba preocupada?

—No, en aquel momento. Porque pensó que la había dejado en su casa.

—¿Ella no pudo imaginarse que alguien la había podido coger?

229

—Exacto. No fue hasta después de la muerte de Mary Gerrard cuando empezó a preocuparse.

—Creo, sir Edwin —interrumpió el juez—, que ya ha tratado ese punto con la anterior testigo.

—Como guste, señoría. Respecto a la actitud de la acusada hacia Mary Gerrard, ¿no hubo ninguna disputa entre ellas en alguna ocasión?

—No, no hubo ninguna riña.

—¿La señorita Carlisle la trataba siempre bien?

—Sí. Era raro cómo la miraba.

—Sí, sí. Pero no podemos guiarnos por esas cosas. Usted es irlandesa, ¿no?

—Lo soy.

—Y los irlandeses son conocidos por tener una gran imaginación, ¿no es cierto?

—Todo cuanto he dicho es verdad —exclamó la enfermera O'Brien, casi fuera de sí.

III

El señor Abbot, el tendero, fue el siguiente en declarar, agitado y aturdido, inseguro, aunque ligeramente emocionado ante su importancia. Su declaración fue breve. Elinor Carlisle había acudido a su negocio a comprar dos botes de paté de pescado. La acusada había dicho: «Ha habido muchos casos de intoxicación con el paté de pescado». Parecía agitada.

La defensa no hizo preguntas.

Capítulo 3

I

ALEGATO INICIAL DEL ABOGADO DEFENSOR

—Señores del jurado: permítanme sostener que no hay fundamentos que respalden la acusación. La carga de la prueba le corresponde al Ministerio Fiscal y, en mi opinión, y sin duda en la de ustedes, hasta ahora no ha demostrado nada en absoluto. El fiscal aduce que Elinor Carlisle, habiéndose apoderado de una cantidad de morfina (que el resto de las personas presentes en la casa podían haber hurtado de todas formas, pues todos tuvieron idéntica oportunidad, aunque, en realidad, existe la duda de que realmente esa morfina estuviese en el maletín), procede a envenenar a Mary Gerrard. Aquí el fiscal se apoya solo en esa oportunidad. Ha intentado buscar un móvil, pero yo considero que no ha podido hallarlo.

»¡Y es que, señores del jurado, no hay ningún móvil! El fiscal ha hablado de una promesa rota. ¡Una promesa rota! Si una ruptura de relaciones, si la ruptura de una promesa como esa es un motivo para matar a alguien, ¿por qué razón no se cometen asesinatos todos los días? Y esta promesa, este compromiso de matrimonio, escuchen bien, no era fruto de una pasión desatada, sino de un compromiso contraído principalmente por razones familiares. La señorita Carlisle y el señor Welman se habían criado juntos; siempre se habían apreciado, y, gradualmente, llegaron a quererse; pero tengo el propósito de demostrarles que, en el mejor de los casos, se trataba de una relación muy tibia.

«¡Oh, Roddy..., Roddy! ¿Una relación muy tibia?», pensó Elinor.

—Además, el compromiso no lo rompió el señor Welman, sino la acusada. Elinor Carlisle y Roderick Welman se comprometieron principalmente para complacer a la anciana señora Welman. Cuando ella murió, los prometidos se dieron cuenta de que sus sentimientos no eran lo bastante fuertes para justificar una boda. No obstante, continuaron siendo buenos amigos. Además, Elinor Carlisle, que había heredado la fortuna de su tía, por pura bondad se proponía asignar una cantidad considerable de dinero a Mary Gerrard. ¡Y a esta joven se la acusa de un delito de envenenamiento! Es ridículo.

»Lo único que hay contra Elinor Carlisle es la circunstancia en la cual ocurrió el envenenamiento.

»El fiscal ha dicho, en efecto: "Nadie más que Elinor Carlisle puede haber matado a Mary Gerrard".

»Por consiguiente, ha tenido que buscar un móvil. Pero, como he dicho antes, no ha podido encontrar ninguno, porque no lo había.

»Ahora bien: ¿es cierto que nadie más que Elinor Carlisle pudo haber matado a Mary Gerrard? No, de ninguna manera. Existe la posibilidad de que Mary Gerrard se suicidase. Existe la posibilidad de que alguien pusiese algo en los bocadillos mientras Elinor Carlisle estaba ausente de la casa principal, en la casa del guarda. Y existe una tercera posibilidad. Es un principio fundamental de

UN TRISTE CIPRÉS

la prueba procesal que, si puede demostrarse posible una hipótesis alternativa que sea coherente con la evidencia, el acusado debe ser absuelto. Me propongo demostrarles que hubo otra persona que no solo pudo apoderarse de la morfina y contar con las mismas oportunidades de envenenar a Mary Gerrard, sino que tenía un motivo mejor para hacerlo.

»Sostengo, señores, que ningún jurado del mundo puede condenar a esta mujer por asesinato cuando el único indicio contra ella es que tuvo la oportunidad de hacerlo y cuando puede demostrarse que no solo hay otra persona que contó con la oportunidad, sino que tenía un móvil sustancial. También llamaré a testificar a algunas personas para demostrar que ha habido un acto de perjurio deliberado por parte de uno de los testigos de cargo.

»Pero antes interrogaré a la acusada, para que ella cuente su propia historia y ustedes puedan ver por sí mismos cuán infundados son los cargos que se presentan contra ella.

II

Elinor contestaba en voz baja a las preguntas de sir Edwin. El juez se inclinó hacia delante. Le dijo que hablase más alto. Sir Edwin le hablaba dulcemente, animándola, haciéndole todas las preguntas para las cuales ella había ensayado la respuesta.

—¿Quería usted a Roderick Welman?

—Mucho. Él era como un hermano para mí..., o como un primo. Siempre pensé en él como en un primo. El compromiso de boda... fue algo natural. Era muy agradable casarse con alguien conocido de toda la vida.

—¿No era, quizá, lo que podría llamarse un amor apasionado?

«¿Apasionado? ¡Oh, Roddy!»

—No..., verá usted, nos conocíamos mutuamente tan bien...

—Después de la muerte de la señora Welman, ¿hubo alguna tensión entre ustedes?

—Sí, la hubo.

—¿Por qué?

—Creo que fue, en parte, por el dinero.

—¿El dinero?

—Sí, Roderick creía encontrarse en una situación violenta. Supuso que la gente pensaría que se casaba por el dinero...

—¿El compromiso no se rompió por culpa de Mary Gerrard?

—Creo que Roderick estaba algo enamorado de ella, pero no pienso que fuese nada serio.

—¿Habría sufrido usted un disgusto si lo hubiese sido?

—¡Oh, no! Habría considerado que era inconveniente; eso es todo.

—Bien, señorita Carlisle: ¿cogió usted o no un tubo de morfina del maletín de la enfermera Hopkins el 28 de junio?

—No.

—¿Ha tenido usted alguna vez morfina en su poder?

—Nunca.

—¿Sabía usted que su tía no había hecho testamento?

—No. Fue una gran sorpresa para mí.

—¿Cree usted que ella trataba de darle un mensaje en la noche del 28 de junio, cuando murió?

—Adiviné que ella no había tomado ninguna previsión para Mary Gerrard y que quería hacerlo.

UN TRISTE CIPRÉS

—Y, con objeto de cumplir sus deseos, ¿estaba usted dispuesta a asignar una cantidad de dinero a la joven?

—Sí. Quería cumplir los deseos de tía Laura. Y yo estaba agradecida por la bondad con que Mary había tratado a mi tía.

—El 26 de julio, ¿bajó usted de Londres a Maidensford y se alojó en el King's Arms?

—Sí.

—¿Con qué propósito?

—Tenía una oferta para la casa, y el futuro dueño quería tomar posesión de la casa cuanto antes. Necesitaba examinar los objetos personales de mi tía y arreglar las cosas.

—¿Compró usted algunas provisiones de camino a Hunterbury el 27 de julio?

—Sí. Pensé que sería más fácil hacer una merienda allí que volver al pueblo.

—¿Fue usted entonces a la casa y clasificó los objetos personales de su tía?

—Sí.

—¿Y después?

—Bajé a la trascocina y preparé unos bocadillos. Luego fui a la casa del guarda e invité a la enfermera y a Mary Gerrard a subir a la casa principal.

—¿Por qué lo hizo?

—Con el calor que hacía, quería ahorrarles la caminata al pueblo y de vuelta a la casa del guarda.

—Era, en realidad, un acto natural y amable por su parte. ¿Aceptaron la invitación?

—Sí. Me acompañaron a la casa.

—¿Dónde estaban los bocadillos que usted había preparado?

—Los dejé en un plato, en la trascocina.

235

—¿Estaba la ventana abierta?

—Sí.

—¿Cualquiera podía haber entrado en la cocina mientras usted estuvo ausente?

—Ciertamente.

—Si alguien la hubiese observado a usted desde fuera mientras preparaba los bocadillos, ¿qué habría pensado?

—Supongo que habría pensado que estaba preparando algo de comer.

—No podían saber que alguien más que usted iba a participar en esa merienda, ¿no es cierto?

—No. La idea de invitar a las otras dos mujeres solo se me ocurrió cuando vi la cantidad de comida que tenía.

—De forma que si alguien hubiese entrado en la casa durante su ausencia y hubiese puesto morfina en uno de aquellos bocadillos, ¿habría sido a usted a quien se hubiera propuesto envenenar?

—Sí, supongo que sí.

—¿Qué ocurrió cuando ustedes tres llegaron a la casa?

—Entramos en la sala. Yo fui a buscar los bocadillos y se los ofrecí a las otras dos.

—¿Bebió usted algo con ellas?

—Tomé agua. Había cerveza en una mesa; pero la enfermera y Mary prefirieron tomar té. La enfermera fue a la cocina y lo preparó. Lo trajo en una bandeja y Mary lo sirvió.

—¿Tomó usted algo?

—No.

—Pero ¿Mary Gerrard y la enfermera bebieron té?

—Sí.

—¿Qué sucedió después?

UN TRISTE CIPRÉS

—La enfermera fue a apagar el gas.

—¿La dejó a usted a solas con Mary Gerrard?

—Sí.

—¿Qué ocurrió después?

—Al cabo de unos minutos, cogí la bandeja y el plato de los bocadillos y los llevé a la cocina. La enfermera estaba allí, y juntas fregamos los platos.

—¿La enfermera se subió las mangas en aquella ocasión?

—Sí. Fregaba los platos mientras yo los secaba.

—¿Hizo usted alguna observación respecto a un arañazo que ella tenía en la muñeca?

—Le pregunté si se había pinchado.

—¿Qué contestó ella?

—Dijo que había sido una espina del rosal que había fuera de la casa del guarda, y que se la sacaría enseguida.

—¿Observó usted algo particular en su comportamiento?

—Creo que tenía calor. Estaba agitada y sudorosa, y se le había puesto la cara de un extraño color verdoso.

—¿Qué sucedió después?

—Subimos al piso de arriba, y ella me ayudó a examinar los objetos personales de mi tía.

—¿Qué hora era cuando volvieron a bajar la escalera?

—Debió de ser una hora más tarde.

—¿Dónde estaba Mary Gerrard?

—Sentada en la sala. Respiraba de una manera muy extraña y se hallaba en estado comatoso. Telefoneé al doctor por sugerencia de la señorita Hopkins. Llegó poco antes de que Mary muriese.

—Señorita Carlisle, ¿mató usted a Mary Gerrard? —preguntó Sir Edwin con gran dramatismo.

—¡No!

III

Era el turno de sir Samuel Attenbury. El corazón le palpitaba de forma tumultuosa. ¡Ahora... ahora estaba a merced de un enemigo! ¡Nada de dulzura, nada de suavidad! ¡Ya no más preguntas cuyas respuestas conociera antes!

Pero él comenzó muy benignamente.

—Según nos ha dicho, estaba usted prometida con el señor Roderick Welman, ¿verdad?

—Sí.

—¿Lo quería usted?

—Mucho.

—¿Estaba profundamente enamorada de Roderick Welman y muy celosa del amor que él sentía por Mary Gerrard?

—No.

«Ese "no" ¿ha sonado en un tono suficientemente indignado?»

—Sostengo que usted planeó deliberadamente matar a esa joven, con la esperanza de que Roderick Welman volvería a usted —dijo sir Samuel en tono amenazante.

—No es así en absoluto.

«Desdeñosa, algo cansada. Eso es mejor.»

Las preguntas continuaron. Parecía un sueño, un sueño desagradable. Una pesadilla.

Pregunta tras pregunta. Preguntas horribles, dolorosas. Para algunas estaba preparada; otras la pillaron desprevenida. Siempre tratando de recordar su papel. Ni una sola vez podía desahogarse para decir: «Sí, la odiaba. Sí, la quería ver muerta. Sí, mientras preparaba los bocadillos pensaba que preferiría verla muerta».

UN TRISTE CIPRÉS

Conservar la calma y contestar tan breve y fríamente como le fuese posible. Luchando... luchando siempre..., pero con dificultades...

Luchando palmo a palmo.

Ya había terminado. El hombre horrible de nariz aguileña se disponía a sentarse. Y la voz bondadosa y untuosa de sir Edwin Bulmer le estaba haciendo algunas preguntas más. Preguntas fáciles, agradables, destinadas a borrar cualquier mala impresión que hubiese podido causar cuando la habían interrogado.

Estaba de nuevo en el banquillo. Mirando al jurado...

IV

«Roddy, Roddy, de pie allí, parpadeando un poco, con aire de detestar todo aquello. Roddy..., con un aspecto... no del todo real. Pero ya no hay nada real. Todo remolinea de una manera diabólica. Lo negro es blanco, lo de arriba está abajo, y el este es oeste... Y yo no soy Elinor Carlisle: yo soy "la acusada". Y si me ahorcan o si me ponen en libertad, nada volverá a ser lo mismo. Si hubiese algo, algo, una cosa tan solo a la que agarrarse... El rostro de Peter Lord, quizá, con sus pecas y su aire extraordinario de ser el mismo de siempre... ¿Qué pregunta ahora sir Edwin?»

—¿Quiere hablarnos de los sentimientos de la señorita Carlisle hacia usted?

—Yo diría que me estimaba mucho —dijo Roddy con voz acendrada—, pero no estaba enamorada de mí con gran pasión.

—¿Consideraba usted satisfactorio el compromiso de boda?

—Completamente. Teníamos mucho en común.

—¿Querría usted explicar con todo detalle al jurado por qué se rompió el compromiso?

—Verá usted: cuando la señora Welman murió, la sorpresa fue grande. No me gustaba la perspectiva de casarme con una mujer rica cuando yo no tenía un penique. Y el compromiso se canceló de común acuerdo, e incluso puedo decir que ambos experimentamos cierto alivio.

—¿Quiere usted decirnos qué clase de relaciones tenía con Mary Gerrard?

«¡Oh, Roddy, pobre Roddy, cómo debes de detestar todo esto!»

—Me parecía encantadora.

—¿Estaba usted enamorado de ella?

—Un poco.

—¿Cuándo la vio por última vez?

—Debe de haber sido el 5 o el 6 de julio.

—Creo que usted la vio después de esas fechas —dijo sir Edwin con un tono acerado.

—No, fui al extranjero, a Venecia y a Dalmacia.

—¿Cuándo volvió a Inglaterra?

—Cuando recibí el telegrama... Déjeme pensar... Debió de ser el día 1 de agosto.

—Pero creo que usted se encontraba en Inglaterra el 27 de julio.

—No.

—Vamos, señor Welman, recuerde que ha prestado juramento. ¿No es cierto que su pasaporte indica que regresó a Inglaterra el 25 de julio y volvió a partir el 27 por la noche?

La voz de sir Edwin tenía un matiz sutilmente amenazante.

UN TRISTE CIPRÉS

Elinor frunció el ceño, como si de repente volviera a la realidad. ¿Por qué razón el abogado defensor acosaba a su propio testigo?

Roderick había palidecido ligeramente. Permaneció en silencio casi un minuto.

—Sí, así es... —dijo por fin, con algo de esfuerzo.

—¿Fue usted a ver a esa joven, Mary Gerrard, a Londres, el día 25, al lugar donde se alojaba?

—Sí.

—¿Le pidió que se casara con usted?

—Sí.

—¿Cuál fue la respuesta de la joven?

—Me rechazó.

—Usted no es un hombre rico, señor Welman, ¿verdad?

—No.

—¿Y tiene muchas deudas?

—¿Qué le importa a usted?

—¿No sabía que la señorita Carlisle le había dejado a usted toda su fortuna tras su muerte?

—Es la primera noticia que tengo.

—¿Estuvo usted en Maidensford en la mañana del 27 de julio?

—No.

Sir Edwin se sentó.

—Ha dicho que, en su opinión, la acusada no estaba profundamente enamorada de usted —dijo el fiscal.

—Eso es lo que he dicho.

—¿Es usted un caballero, señor Welman?

—No sé lo que quiere decir.

—Si una dama estuviese profundamente enamorada de usted y usted no lo estuviese de ella, ¿creería usted que tiene el deber de ocultarlo?

—Por supuesto que no.

—¿A qué escuela fue, señor Welman?

—A Eton.

Sir Samuel dijo, con una sonrisa suave:

—Eso es todo.

V

—Alfred James Wargrave, ¿es usted cultivador de rosas y vive en Emsworth, Berks?

—Sí.

—¿Fue usted el 20 de octubre a Maidensford y examinó un rosal que había en la casa del guarda, en Hunterbury?

—Sí.

—¿Quiere describírnoslo?

—Era un rosal trepador, un *Zéphirine Drouhin*... Da una flor rosada, de suave perfume. No tiene espinas.

—¿Sería imposible pincharse con un rosal de esa descripción?

—Completamente imposible. Como he dicho, es una planta que no tiene espinas.

El fiscal no lo interrogó.

VI

—¿Es usted James Arthur Littledale? ¿Es químico y está empleado en el laboratorio de productos farmacéuticos de Jenkins y Hale?

—Sí.

—¿Quiere decirnos qué es este trozo de papel?

UN TRISTE CIPRÉS

Le entregaron la prueba.

—Es un fragmento de una de nuestras etiquetas.

—¿Qué clase de etiqueta?

—La que les ponemos a los tubos de tabletas hipodérmicas.

—¿Es suficiente este trozo para que usted pueda decir con seguridad qué clase de medicamento había en el tubo al cual estaba pegada esta etiqueta?

—Sí. Yo diría que el tubo en cuestión contenía tabletas hipodérmicas de hidrocloruro de apomorfina, de un vigésimo de grano.

—¿No hidrocloruro de morfina?

—No, no puede ser.

—¿Por qué no?

—En esos tubos, la palabra *morfina* va impresa con una «M» mayúscula. El final de la línea de la «m» aquí, vista con lupa, indica claramente que es parte de una «m» minúscula, no de una «M» mayúscula.

—Haga el favor de dejar que el jurado lo examine con la lupa. ¿Tiene algunas etiquetas para mostrar lo que quiere decir?

Se entregaron las etiquetas al jurado.

—Acaba usted de declarar que esta es de un tubo de hidrocloruro de apomorfina —continuó sir Edwin—. ¿Qué es, exactamente, el hidrocloruro de apomorfina?

—La fórmula es $C_{17}H_{17}NO_2$. Es un derivado de la morfina que se prepara saponificando la morfina y calentándola con ácido clorhídrico diluido en tubos sellados. La morfina pierde una molécula de agua.

—¿Cuáles son las propiedades especiales de la apomorfina?

—La apomorfina es el vomitivo más rápido y eficaz

que se conoce. Actúa en cuestión de minutos —contestó claramente el señor Littledale.

—Así pues, si alguien hubiese ingerido una dosis letal de morfina y se inyectase una dosis de apomorfina hipodérmicamente, ¿qué sucedería al cabo de unos minutos?

—Se producirían vómitos casi inmediatamente y la morfina sería expulsada del cuerpo.

—Por consiguiente, si dos personas comiesen el mismo bocadillo o bebiesen de la misma tetera, y una de ellas se inyectase enseguida una dosis de apomorfina hipodérmicamente, ¿cuál sería el resultado, suponiendo que el alimento o la bebida compartida contuviese morfina?

—La persona a quien se le inyectase la apomorfina vomitaría el alimento o la bebida, junto con la morfina.

—¿Y esa persona no sufriría otras consecuencias fatales?

—No.

De repente, hubo cierta excitación en la sala. El juez ordenó silencio.

VII

—¿Es usted Amelia Mary Sedley y vive habitualmente en Charles Street, número 17, en Boonamba, Auckland?

—Sí.

—¿Conoce usted a una tal señora Draper?

—La conozco desde hace más de veinte años.

—¿Sabe cuál es su nombre de soltera?

—Sí. Estuve en su boda. Se llamaba Mary Riley.

—¿Es natural de Nueva Zelanda?

UN TRISTE CIPRÉS

—No, es oriunda de Inglaterra.

—¿Ha estado usted en la sala desde el comienzo de esta causa?

—Sí.

—¿Ha visto usted a esa tal Mary Riley... o Draper... en la sala?

—Sí.

—¿Dónde la ha visto?

—Justo aquí, declarando.

—¿Con qué nombre?

—Con el nombre de Jessie Hopkins.

—¿Y está segura de que Jessie Hopkins es la mujer que usted conoce por el nombre de Mary Riley o Draper?

—Sin el menor asomo de duda.

Hubo una ligera conmoción en la sala.

—¿Cuál fue la última vez que vio a Mary Draper... antes de hoy?

—Hace cinco años, antes de que partiese para Inglaterra.

Sir Edwin dijo con una inclinación:

—Su testigo.

Sir Samuel, alzándose con el rostro algo perplejo, empezó:

—Señora Sedley, tal vez esté usted equivocada.

—No lo estoy.

—Puede haberse confundido por culpa de cierto parecido.

—Conozco bastante bien a Mary Draper.

—La señorita Hopkins es una enfermera con título.

—Mary Draper era enfermera de hospital antes de su matrimonio.

245

AGATHA CHRISTIE

—Comprende que está acusando de perjurio a un testigo de cargo, ¿no?

—Yo solo comprendo que lo que estoy diciendo es cierto.

VIII

—Edward John Marshall, ¿vivió usted unos años en Auckland, Nueva Zelanda, y ahora reside en Wren Street, número 14, Deptford?

—Eso es.

—¿Conoce usted a Mary Draper?

—La conocí hace años, en Nueva Zelanda.

—¿La ha visto hoy en esta sala?

—La he visto. Se hacía llamar Hopkins, pero era, sin duda, la señora Draper.

El juez alzó la cabeza. Habló con una voz clara y penetrante.

—Creo que sería bueno que la testigo Jessie Hopkins comparezca de nuevo.

Una pausa. Un murmullo.

—Señoría, Jessie Hopkins salió de la sala hace unos minutos.

IX

—Hércules Poirot.

Prestó juramento, se retorció el bigote y esperó, con la cabeza ladeada. Dio su nombre, sus señas y su profesión.

—Monsieur Poirot, ¿reconoce usted este documento?

UN TRISTE CIPRÉS

—Ciertamente.

—¿Cómo llegó a su poder?

—Me lo dio la enfermera del distrito Hopkins.

—Con su permiso, señoría —dijo sir Edwin—, voy a leerlo en voz alta; luego se podrá entregar al jurado.

Capítulo 4

I

ALEGATO FINAL DEL ABOGADO DEFENSOR

—Señores del jurado: ahora son ustedes los que han de decidir si Elinor Carlisle ha de ser absuelta o no en esta causa. Si después de las pruebas expuestas ante ustedes creen que fue ella quien envenenó a Mary Gerrard, tienen el ineludible deber de declararla culpable.

»Pero si los hechos expuestos los convencen de que hay otra persona cuyas probabilidades de haber cometido el asesinato son tan grandes o mayores que las de la acusada, están obligados a poner en libertad a la señorita Carlisle inmediatamente.

»Ayer, después del esclarecedor testimonio presentado por monsieur Hércules Poirot, interrogué a otros testigos y pude probar, sin el menor asomo de duda, que Mary Gerrard era hija ilegítima de Laura Welman. Por consiguiente, su señoría podrá confirmarles que la persona llamada a heredar la fortuna de la señora Welman, calculada en doscientas mil libras, no era su sobrina, Elinor Carlisle, sino su pariente más próximo, la difunta Mary Gerrard.

»Mary Gerrard ignoraba este hecho, así como la iden-

248

UN TRISTE CIPRÉS

tidad de la presunta enfermera Hopkins. Pregúntense
ustedes, señores del jurado, cuál podrá ser la razón por
la que Mary Riley o Draper adoptó el nombre de Hopkins y, sobre todo, por qué vino a este país.

»Sabemos perfectamente que, instigada por la enfermera Hopkins, Mary Gerrard hizo testamento, en el que
cedió todo cuanto poseía a Mary Riley, hermana de Eliza Riley. No ignoramos que la enfermera Hopkins, por
razón de su profesión, estaba facultada para poseer
morfina y apomorfina, y conocía perfectamente sus propiedades y efectos. Sabemos que mentía cuando afirmó
que se había arañado la muñeca con las espinas de un
rosal que carecía de ellas.

»¿Por qué mentiría si no porque quería justificar el
pinchazo producido por la aguja hipodérmica? Recuer-
den asimismo el testimonio de la acusada, hecho bajo
juramento, de que, cuando se reunió con la enfermera
Hopkins en la trascocina, esta parecía encontrarse mal y
tenía la cara de un color verdoso, completamente expli-
cable sabiendo que se hallaba bajo los efectos de una
sustancia tóxica muy fuerte.

»Quiero subrayar otro punto: si la señora Welman
hubiese vivido veinticuatro horas más, es indudable
que habría dictado testamento y habría dejado un legado de cierta importancia a Mary Gerrard, pero no toda
su fortuna, pues la difunta señora creía que su hija ilegítima sería mucho más feliz en la esfera social en la que
hasta entonces había vivido.

»No soy yo el que ha de acusar a esa otra persona,
pero tengo el deber de advertirles de que sus motivos
para cometer los dos asesinatos, así como sus probabilidades para hacerlo, eran mayores que los de la acusada.

»He terminado, señores del jurado.

249

AGATHA CHRISTIE

II

RECAPITULACIÓN DEL JUEZ BEDDINFELD

—...Si no están firmemente convencidos de las pruebas acumuladas en relación con la culpabilidad de la acusada... Si no creen que Elinor Carlisle administró a Mary Gerrard una dosis mortal de morfina en la mañana del 27 de julio, deben dictar veredicto de no culpable.

»El Ministerio Fiscal ha sostenido que la única persona que tuvo la oportunidad de envenenar a Mary Gerrard fue la acusada. La defensa ha tratado de demostrar que existieron otras alternativas, como la posibilidad de que Mary Gerrard se suicidase. Sin embargo, la única prueba que sustenta tal hipótesis es el hecho de que Mary Gerrard dictara testamento poco antes de morir. No hay la menor prueba de que la fallecida fuese lo suficientemente desgraciada o se hallase en un estado de depresión anímica tal que la empujase al suicidio. Se ha sugerido que la morfina pudo introducirse en los bocadillos por mano de cualquier otra persona que hubiese entrado en la trascocina cuando Elinor Carlisle se dirigió a la casa del guarda. En ese caso, el veneno habría estado destinado a Elinor Carlisle, y la muerte de Mary Gerrard habría sido accidental. La tercera alternativa, la última sugerida por la defensa, es que otra persona tuvo idéntica oportunidad de administrar la morfina y que, en este último caso, el veneno se introdujo en el té y no en los bocadillos. En apoyo de esta teoría, la defensa ha presentado al testigo Littledale, quien ha declarado bajo juramento que el fragmento de papel que encontraron en la trascocina formaba parte de una etiqueta adherida a un tubo que contenía clorhidrato de apomorfina, un

UN TRISTE CIPRÉS

vomitivo de gran potencia. Ya han examinado ustedes los dos modelos de etiquetas. A mi juicio, la policía pecó de negligencia al no identificar con exactitud la etiqueta a la que pertenecía el trozo de papel que se encontró y asegurar que era de una etiqueta adherida a un tubo de morfina.

»La testigo Hopkins ha afirmado que se arañó la muñeca en un rosal junto a la casa del guarda. El testigo Wargrave ha examinado el rosal en cuestión, y carece de espinas. Ustedes decidirán cuál fue la causa del arañazo de la muñeca de la enfermera Hopkins y el motivo de su mentira.

»Si el Ministerio Fiscal les ha convencido de que la acusada y nadie más que ella fue la autora del crimen, deben declararla culpable.

»Si la teoría alternativa sostenida por la defensa es posible y está en consonancia con las pruebas aportadas, la acusada debe ser puesta en libertad.

»Les ruego que reflexionen a fondo antes de pronunciar su veredicto y que solo tengan en cuenta las pruebas que se han expuesto durante la vista.

»He terminado, señores del jurado.

III

Condujeron a Elinor nuevamente a la sala.

—Señores del jurado, ¿han llegado a un acuerdo respecto al veredicto?

—Sí.

—Miren a la acusada y pronuncien su fallo.

—Inocente...

Capítulo 5

La sacaron por una puerta lateral.

Reparó en la infinidad de rostros sonrientes que la felicitaban. Roddy..., el detective de los grandes bigotes...

Pero solo se volvió cuando vio a Lord.

—Sáqueme de aquí —dijo.

Subieron al pequeño Daimler y abandonaron Londres. Ninguno de los dos pronunció una palabra durante largo rato. Cada minuto la llevaba más y más lejos...

Una vida nueva...

Eso era lo que necesitaba... Una vida nueva...

—Quiero... quiero ir a cualquier sitio tranquilo, apartado..., donde no vea caras humanas... —dijo de repente.

—Ya he pensado en eso. Irá usted a una casa de reposo con unos jardines encantadores... Nadie la molestará... —murmuró Lord.

—Eso es lo que me hace falta —susurró ella.

Era su experiencia como médico, su conocimiento de la naturaleza humana, lo que lo hacía comprender. Él lo sabía, y por eso no la molestaba. Era maravilloso encontrarse allí con él, fuera de Londres, camino de un lugar tranquilo y apartado. Quería olvidar... olvidarlo todo. Lo que había sucedido carecía de sentido. Todo se había desvanecido... todo había terminado: su vida pasada y sus antiguos sentimientos. Ahora era una criatura nue-

UN TRISTE CIPRÉS

va, extraña, desamparada. Tenía que empezar a vivir de nuevo.

Estar junto al doctor Lord la consolaba.

Ya habían salido de Londres. En ese momento estaban atravesando los suburbios.

—¡Fue usted..., solo usted!... —dijo ella al fin.

—No... Fue Hércules Poirot. Es un mago —murmuró Lord.

Pero Elinor negó con la cabeza.

—Fue usted —insistió—. Usted lo hizo venir y averiguar la verdad.

Peter sonrió.

—Bueno, eso es verdad; yo lo hice venir...

—¿Sabía usted que no lo había hecho yo, o no estaba seguro? —preguntó ella.

—Jamás he estado tan seguro de algo.

—¿Sabe por qué estuve a punto de decir culpable cuando me preguntaron? Porque sí había pensado en hacerlo. Lo pensé, en efecto, aquel día..., cuando usted me sorprendió riendo.

—Lo sabía.

—¡Qué extraño me parece ahora! —murmuró asombrada—. ¡Era como una especie de posesión! El día que compré el paté, mientras preparaba los bocadillos, pensaba: «Si mezclara veneno con esto y ella se lo comiese, moriría. Y Roddy volvería a mí». Era un pensamiento que me atormentaba.

—En ocasiones, este tipo de cosas benefician a los seres excesivamente imaginativos... Vienen a ser como las exudaciones de nuestro organismo... —dijo Lord.

—¡En efecto, así fue! —exclamó ella—. ¡La idea oscura desapareció tan de repente como había venido! Cuando aquella mujer mencionó el rosal del jardín, recobré la noción de normalidad. —Tras un estremecimiento, prosiguió—: Al llegar a la salita y verla muerta..., no, moribunda..., pensé: «¿Hay mucha diferencia, al fin y al cabo, entre hacer una cosa y pensarla?».

—¡Claro que la hay, y enorme! Pensar en un asesinato no hace daño a nadie. Hay quien tiene ideas absurdas sobre eso. Quien cree que pensar en cometer un asesinato es lo mismo que planearlo... Pero no lo es, no. Cuando has estado pensando durante mucho tiempo en ello, desaparece la idea oscura y te das cuenta de la tontería...

—¡Usted sí que sabe cómo consolar a una mujer afligida! —exclamó Elinor.

—Nada de eso. Tengo sentido común.

—Allí, en la sala, no apartaba los ojos de usted —respondió Elinor con lágrimas en los ojos—. Me infundía valor. Parecía usted tan normal. —Añadió—: Oh, ¿le ha molestado que diga eso?

—No, la comprendo. Cuando uno se encuentra en medio de una pesadilla, son las cosas normales y corrientes las que nos dan esperanza. A veces, lo corriente es lo mejor. Siempre lo he pensado.

Por primera vez desde que subieron al coche, ella volvió la cabeza para mirarlo. Contemplar su rostro no le causó la sensación que siempre experimentaba al mirar al de Roddy... Aquel le hacía sentir una impresión confusa de dolor y placer... Con Peter sentía consuelo y calor...

«¡Qué rostro más agradable... y atractivo... y consolador!», pensó.

Atravesaron una verja, subieron por un camino que serpenteaba, y se detuvieron frente a un edificio blanco que se alzaba en la ladera de una colina.

—Aquí estará muy bien... —aseguró él con gravedad—. Nadie la molestará...

UN TRISTE CIPRÉS

Impulsivamente, la muchacha asió el brazo del médico.

—¿Vendrá usted a verme? —preguntó.

—Sí... Naturalmente.

—¿Con frecuencia?

—Con tanta frecuencia como usted quiera —dijo Lord, mirándola a los ojos.

—Entonces..., venga con mucha frecuencia —respondió ella.

Capítulo 6

—Como ha visto usted, *mon ami*, las mentiras son tan útiles como las verdades —dijo Hércules Poirot.

—¿Le mintieron todos? —preguntó el doctor Lord.

—¡Oh, sí..., todos! Cada uno por sus propias razones, ¿comprende? La única persona que dijo la verdad, y lo hizo con una sensibilidad escrupulosa..., fue la que más me confundió...

—La misma Elinor... —murmuró Lord.

—Precisamente. Todo la condenaba, y ella, con esa conciencia sensible y meticulosa, no hizo nada para destruir tal suposición. Acusándose a sí misma por el deseo que había sentido de cometer el asesinato, estuvo a punto de abandonar una lucha que se le antojaba desagradable y sórdida, y declararse culpable de un crimen que no había cometido.

El médico exhaló un suspiro de exasperación.

—¡Increíble!

Poirot movió la cabeza.

—Nada de eso. Ella se condenaba a sí misma porque se juzgaba con arreglo a un código mucho más rígido que el confeccionado por la mente humana ordinaria.

—Sí... Ella es así —dijo Lord pensativo.

—Desde el momento en que empecé mis investigaciones —continuó Poirot—, supe que había muchas po-

UN TRISTE CIPRÉS

sibilidades de que Elinor Carlisle fuese culpable del crimen que se le imputaba. Pero, en cumplimiento de lo que le había prometido a usted, proseguí mis pesquisas y llegué al convencimiento de que había otra persona a quien también se podía inculpar.

—¿La enfermera Hopkins?

—Entonces no. Roderick Welman fue la primera persona que llamó mi atención. En su caso, también empezamos con una mentira. Me dijo que había abandonado Inglaterra el 9 de julio y que había vuelto el 1 de agosto. Sin embargo, la enfermera Hopkins mencionó casualmente que Mary Gerrard había rechazado a Roderick tanto en Maidensford como, de nuevo, en Londres. Según me informó usted mismo, Mary Gerrard se fue a Londres el 10 de julio..., es decir, un día después de que Roderick Welman se marchara de Inglaterra. ¿Cuándo se había visto, pues, Mary Gerrard con Roderick Welman en Londres? Puse a mi amigo el ladrón a hacer su trabajo y con el examen del pasaporte de Welman descubrí que había estado en Inglaterra del 25 al 27 de julio. Había mentido deliberadamente. Entonces recordé el tiempo que habían pasado los bocadillos en la trascocina mientras Elinor Carlisle estaba en la casa del guarda. En el caso de que les hubieran puesto el veneno entonces, el objetivo del asesino debía de ser Elinor, no Mary. ¿Qué ventajas podía reportarle a Roderick Welman la muerte de Elinor Carlisle? Pues... muy sencillo: ella había dictado un testamento en el que le legaba a él toda su fortuna; tras algunas averiguaciones, me convencí de que Roderick Welman pudo haber llegado a conocer tal hecho.

—¿Y cómo llegó a la conclusión de que era inocente? —preguntó Lord.

—Por otra mentira. Un embuste tan tonto y ridículo...

257

La enfermera Hopkins dijo que se había arañado la muñeca con un rosal y que todavía tenía dentro la espina. Fui a ver el rosal y comprobé que no tenía espinas... Así pues, la enfermera Hopkins había mentido. La mentira era tan absurda que me llamó la atención y enfoqué el asunto en esa dirección. Empecé a sospechar de ella. Hasta entonces me había parecido una mujer merecedora de todo crédito; achacaba su animadversión hacia la acusada al cariño que la enfermera parecía experimentar por la joven asesinada. Empecé a pensar y me di cuenta de una cosa que no fui lo bastante inteligente para ver antes. La enfermera Hopkins sabía algo de Mary Gerrard, algo que estaba ansiosa por sacar a la luz.

—Yo creía que era todo lo contrario —se sorprendió el médico.

—En apariencia, sí. Representó a la perfección el papel de quien sabe un secreto que no quiere dar a conocer. Pero, después de reflexionar cuidadosamente, concluí que su intención era opuesta a las apariencias. Mi conversación con la enfermera O'Brien confirmó tal creencia. La enfermera Hopkins había influido sobre la enfermera O'Brien en su propio beneficio, sin que ella se hubiese dado cuenta.

»Apareció claro ante mis ojos el juego de la enfermera Hopkins. Comparé las dos mentiras: la suya y la de Roderick Welman. ¿A cuál se podía dar una explicación inocente?

»Solo a la de Roderick. Es un hombre sensible y orgulloso. Se sentía extremadamente humillado al tener que confesar que había quebrantado la promesa que le había hecho a Elinor, y también a sí mismo, de permanecer un tiempo en el extranjero.

»La joven lo atraía tanto que no pudo evitar la tentación de ir a verla. Como no tenía nada que temer de las investigaciones que se practicaron sobre el asesinato, mintió para evitar confesar algo tan doloroso para su amor propio.

»¿Había una explicación tan inocente para la mentira de Hopkins? Cuanto más pensaba en ella, más injustificable me parecía. ¿Por qué había necesitado mentir la enfermera Hopkins acerca de la procedencia del arañazo de su muñeca? ¿Qué significaba aquella marca?

»Me hice una serie de preguntas: ¿a quién pertenecía la morfina robada?... A la enfermera Hopkins. ¿Quién pudo administrar la morfina a madame Welman?... La enfermera Hopkins... Pero ¿por qué llamó la atención sobre la desaparición de la morfina? No podía haber más que una respuesta a esta cuestión si ella era culpable: porque el otro asesinato, el de Mary Gerrard, ya estaba planeado, y había elegido a quien endosárselo, pero tal persona debía de haber tenido una probabilidad de obtener la morfina.

»Otros detalles complementaron mi idea. La carta anónima que recibió Elinor. La escribió para crear enemistad entre Elinor y Mary. El objetivo era que Elinor fuese a Hunterbury para oponerse a los presuntos designios de Mary. El repentino amor de Roderick Welman por Mary Gerrard fue un acontecimiento imprevisto que la enfermera Hopkins no tardó en apreciar en su justo valor... Allí había un motivo plausible para Elinor, la falsa culpable.

»Pero ¿cuál era la razón de los dos crímenes? ¿Qué ganaría la enfermera Hopkins con la muerte de Mary Gerrard? Empecé a ver la luz en el asunto..., una luz todavía levísima, sin embargo. La enfermera Hopkins ejercía una gran influencia sobre Mary y la empleó para

AGATHA CHRISTIE

inducir a la chica a que hiciera testamento. Pero este no la beneficiaba a ella, sino a una tía de Mary que vivía en Nueva Zelanda. Entonces recordé un detalle que me había dado a conocer alguien en el pueblo... La tía de Mary también era enfermera.

»La luz ya no era tan leve. La finalidad del crimen empezaba a hacerse patente... Fui una vez más a visitar a la enfermera Hopkins. Ambos representamos admirablemente nuestro papel. Al final se dejó convencer para llevar a cabo lo que tanto deseaba. Tal vez no habría querido hacerlo tan pronto, pero la oportunidad que se le presentaba era demasiado tentadora para dejarla escapar. Después de todo, la verdad habría de saberse tarde o temprano. Sacó la carta con un disgusto muy bien fingido, y entonces, *mon ami*, mis dudas se desvanecieron... Ya lo sabía todo.

—¿Cómo? —preguntó Peter Lord arrugando el ceño, sorprendido.

—*Mon cher, c'est bien facile*. El encabezamiento de la carta era como sigue: «Para enviar a Mary después de mi muerte». Pero el contenido demostraba que no era para que lo conociera Mary Gerrard. Además, la palabra *enviar*, no *entregar*, era reveladora. No era a Mary Gerrard a quien estaba dirigida la carta, sino a otra Mary... A su hermana Mary Riley, en Nueva Zelanda. La enfermera Hopkins no había encontrado la carta en la casa del guarda después de la muerte de Mary Gerrard, como afirmaba. Hacía muchos años que la tenía en su poder. La recibió en Nueva Zelanda, adonde se la enviaron después de la muerte de su hermana. —Hizo una pausa, antes de añadir—: Una vez vista la verdad con los ojos de la mente, el resto era sencillísimo. La rapidez con que se efectúan los viajes en avión hizo posible que viniese un

UN TRISTE CIPRÉS

testigo de Nueva Zelanda, que conocía perfectamente a Mary Draper, y declarase ante el tribunal.

—¿Y si se hubiese equivocado...? —replicó Lord—. ¿Y si la enfermera Hopkins y Mary Draper hubiesen sido dos personas distintas?

—¡Yo no me equivoco nunca! —repuso Poirot fríamente.

El doctor Lord soltó una carcajada.

—*Mon ami...* —añadió Poirot—, ahora sabemos bastantes cosas de esa Mary Riley o Draper. La policía de Nueva Zelanda carecía de pruebas suficientes para formular una acusación formal contra ella. Sin embargo, llevaban vigilándola algún tiempo cuando abandonó repentinamente el país. Había una paciente suya, una anciana señora, que dejó a su querida enfermera Riley un pequeño legado, y el médico que la asistió observó algo extraño en su muerte inesperada. El esposo de Mary Riley tenía un seguro de vida a favor de ella por una cantidad elevada. Su muerte también fue tan repentina como inesperada. Por desgracia para la viuda, su difunto esposo había olvidado pagar la póliza del seguro, por lo que ella no cobró ni un penique. Tal vez haya habido otras muchas muertes. Lo cierto es que se trata de una mujer sin escrúpulos.

»Podemos imaginarnos fácilmente las posibilidades que le sugirió la carta de su hermana. Cuando vio que Nueva Zelanda se le estaba quedando pequeña, como vulgarmente se dice, se vino a este país y se estableció con el nombre de Hopkins, una antigua colega suya del hospital que murió en el extranjero.

»Su objetivo era Maidensford. Tal vez pensara, al principio, en el chantaje, pero madame Welman no era de esas mujeres pusilánimes que se dejan estafar impunemente, y la enfermera Riley o Hopkins no lo intentó siquiera. Sin duda, indagó y descubrió que madame Welman era muy rica, y adivinó, o llegó a saber por el medio que fuera, que todavía no había hecho testamento.

»Así pues, aquella noche de junio en que la enfermera O'Brien le dijo que madame Welman había hecho llamar a su abogado para la mañana siguiente, Hopkins no vaciló. Madame Welman debía morir sin hacer testamento, para que su hija ilegítima heredara toda su fortuna. Hopkins ya había trabado amistad con Mary Gerrard y había desarrollado gran ascendiente sobre ella. Lo único que le hacía falta era convencer a la joven para que otorgara testamento a favor de la hermana de su madre, y, poniendo gran cuidado, le dictó las palabras precisas con que debía redactarlo. No mencionó en absoluto el parentesco. Simplemente, lo dejaba todo a Mary Riley, hermana de Eliza Riley. Cuando estampó su firma al pie del documento, Mary no podía imaginar que había firmado su sentencia de muerte. La mujer no tenía más que esperar la oportunidad... Ya había pensado en el arma que había de emplear para cometer el crimen, y gracias a la apomorfina aseguraría su coartada. Se proponía, tal vez, atraer a Elinor y a Mary a su propia casa, pero, cuando Elinor las invitó a ir a Hunterbury para acompañarla a tomar unos bocadillos, vio el cielo abierto. Las circunstancias acusarían a Elinor sin que pudiera tener la menor probabilidad de defenderse.

—Si no hubiese sido por usted, la habrían condenado —murmuró el médico.

—No, es a usted, *mon ami*, a quien tiene que agradecer el haber conservado la vida —se apresuró a replicar Hércules Poirot.

UN TRISTE CIPRÉS

—¿A mí?... Yo no hice nada... Me esforcé... —Se interrumpió.

Hércules sonrió débilmente.

—Eso es... Se esforzó usted en convencerme de que mademoiselle Carlisle era inocente... Se impacientaba al ver que yo no parecía avanzar un paso en el camino emprendido... Llegó a temer que fuese culpable, a pesar de todo. Y por esa razón también tuvo la impertinencia de engañarme. ¡Ah, *mon cher*, para eso carece usted de aptitud! Le aconsejo que se dedique con todo entusiasmo a combatir el sarampión y la tosferina, pero que deje para siempre su afición a ser detective.

Peter Lord se sonrojó.

—¿Se dio usted cuenta... desde... el primer momento?

—*Mais oui...* —afirmó Poirot con severidad—. Usted me llevó de la mano a aquel lugar frente a la ventana y me ayudó a encontrar una caja de cerillas que había puesto allí poco antes... *C'est l'enfantillage!*

Peter Lord hizo una mueca.

—¡Continúe! —dijo con pesadumbre.

—Habló usted con el jardinero y se las arregló para que me dijese que había visto su coche en la calzada. Entonces usted afirmó que el coche no era suyo. Y aún trató de convencerme de que fue un extranjero quien estuvo allí aquella mañana.

—Fui un idiota.

—Peter Lord —dijo Poirot con una sonrisa burlona—, ¿qué estuvo usted haciendo aquella mañana en Hunterbury?

El doctor se sonrojó.

—Va a creer que... soy... un estúpido. Supe que ella había venido y me apresuré a ir a la casa. No... no pretendía hablar con ella, sino... verla. La estuve observando desde los matorrales mientras permaneció en la trascocina. La vi cortando el pan y la mantequilla...

—Carlota y Werther... Siga usted.

—No hay nada más... Estuve allí hasta que salió para irse a la casa del guarda.

—¿Se enamoró usted de Elinor Carlisle el primer día que la vio? —preguntó Poirot suavemente.

—Creo que sí. —Tras un largo silencio, añadió—: Bueno, supongo que ahora ella y Roderick Welman serán felices... juntos.

—Usted no cree eso, *mon ami*.

—¿Por qué no? Ella le perdonará lo de Mary Gerrard. Fue un capricho pasajero por su parte...

—Hay que profundizar mucho más en los sentimientos humanos de lo que usted lo hace, *mon cher*... —dijo Poirot con gravedad—. Cuando una persona ha estado a punto de entrar en el valle sombrío de la muerte y vuelve a la luz del sol..., empieza una vida totalmente nueva... El pasado desaparece... —Poirot hizo una pausa y continuó—: Una vida nueva... Eso es lo que Elinor Carlisle empieza ahora, y es usted quien le ha dado esa vida.

—No.

—Sí. Fue su determinación, su insistencia, lo que me empujó a satisfacer sus deseos. Además, confiéselo... ¿No le ha expresado ella su gratitud?

—Sí... En efecto... Me ha expresado su agradecimiento y... me ha... dicho que vaya a verla con frecuencia.

—Sí... Lo necesita.

—Pero ¡no tanto como lo necesita... a... él! —exclamó Lord.

Hércules Poirot movió la cabeza.

—Ella nunca necesitó a Roderick Welman... Lo amaba, sí... Tal vez con locura.

UN TRISTE CIPRÉS

—Como no me amará a mí jamás —dijo Peter Lord con una mueca de despecho.

Poirot asintió suavemente.

—*Peut-être non*... Pero lo necesita a usted, *mon ami*, porque solo con usted verá de nuevo con agrado el mundo...

El médico no dijo nada. La voz de Poirot tuvo una tonalidad exquisita cuando añadió:

—¿Por qué no acepta los hechos tal como son? Ella amaba a Roderick Welman. Pero solo podrá ser feliz con usted...

Descubre los clásicos de Agatha Christie

Y NO QUEDÓ NINGUNO
ASESINATO EN EL ORIENT EXPRESS
EL ASESINATO DE ROGER ACKROYD
MUERTE EN EL NILO
UN CADÁVER EN LA BIBLIOTECA
LA CASA TORCIDA
CINCO CERDITOS
CITA CON LA MUERTE
EL MISTERIOSO CASO DE STYLES
MUERTE EN LA VICARÍA
SE ANUNCIA UN ASESINATO
EL MISTERIO DE LA GUÍA DE FERROCARRILES
LOS CUATRO GRANDES
MUERTE BAJO EL SOL
TESTIGO DE CARGO
EL CASO DE LOS ANÓNIMOS
INOCENCIA TRÁGICA
PROBLEMA EN POLLENSA
MATAR ES FÁCIL
EL TESTIGO MUDO
EL MISTERIO DE PALE HORSE
EL MISTERIO DEL TREN AZUL
EL TRUCO DE LOS ESPEJOS
TELÓN
UN CRIMEN DORMIDO
¿POR QUÉ NO LE PREGUNTAN A EVANS?

UN PUÑADO DE CENTENO

EL MISTERIOSO SEÑOR BROWN

LA RATONERA

MISTERIO EN EL CARIBE

PELIGRO INMINENTE

DESPUÉS DEL FUNERAL

ASESINATO EN EL CAMPO DE GOLF

LA MUERTE DE LORD EDGWARE

EL HOMBRE DEL TRAJE COLOR CASTAÑO

DESTINO DESCONOCIDO

EL SECRETO DE CHIMNEYS

UN GATO EN EL PALOMAR

POIROT INVESTIGA

UN TRISTE CIPRÉS

Su fascinante autobiografía

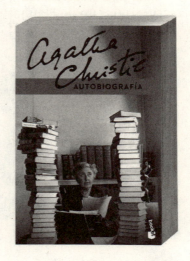

www.coleccionagathachristie.com

Y los casos más nuevos de Hércules Poirot
escritos por Sophie Hannah

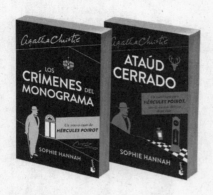

www.coleccionagathachristie.com